執事と二人目の主人

不住水まうす

Splush文庫

－初出－
執事と二人目の主人：Charade新人小説賞選考作品『執事と二人目の主人』
（著者：ふじみまうす）に加筆修正（掲載期間：2010/03 ～ 2010/06）
秘書重光の華麗なる一日：書き下ろし
恋する執事は嫉妬する：書き下ろし

contents

彼を見たのは、祖父の葬式《そうしき》の時だ。

八月の最中だが細い雨が降り続き、少し肌寒さを感じる日だった。

高宮《たかみや》グループの名誉会長だった祖父が死去し、大勢の弔問客《ちょうもんきゃく》が訪れる中、彼は黒い喪服《もふく》に身を包み、雨の中、傘も差さずに立ち尽くしていた。

祖父の、執事だった男だ。

彼の黒い髪はしっとりと濡《ぬ》れ、前髪の先からぽたりと雫《しずく》が頬に落ちる。それが一瞬泣いているように見えたけれど、彼はただ彫像のように黒塗りの霊柩車《れいきゅうしゃ》の方を向いているだけだった。

「樹《いつき》君、そろそろ」

親戚の一人に呼ばれて樹は車に向かうが、気になってもう一度男を振り返る。彼は火葬場には来ないのだろうか。

「ああ、行くのは身内だけだからね」

親戚はそう言ったが、その執事こそ祖父の一番の身内のようなものだった。十二歳の時に祖父に引き取られた孤児で、今まで十六年間祖父のそばにいた。一年前に祖父が倒れて植物状態になったあとも、片時も離れず祖父の世話をしていたそうだ。

辺りからは、ちらほらと話し声が聞こえてくる。辛気《しんき》くさい葬儀ではなかった。意識が戻らない七十八歳の老人が死んだことを誰も悲しんでなどいなかった。周囲は回復をとうに諦めていたし、樹だって、意識もなく一年も長らえたんだから、もう充分じゃないかと思っていた。

時折密やかな笑い声さえもれるこの場で、その執事は無言で主人が納められた車を見つめていた。

ただ一人、彼だけが世界が終わったような顔をしていて、それがいやに印象に残った。

それから六日後、樹はいつものように会社から歩いて帰宅し、五階建てのマンションに戻ってきた。居住している三階まで階段で上がり、自分の部屋に向かおうとした……が。

「お帰りなさいませ、樹様」

いきなり前方から声がして、樹は驚いて顔を上げた。

自分の部屋の前に黒ずくめの男がいて、斜め四十五度のお辞儀《じぎ》をしている。誰？　と思っていると、男がすっと最敬礼から身を起こした。

すらりと背の高い男だった。

この暑いのに黒い三つ揃いのスーツを着込み、胸元には白いポケットチーフがスクエアに挿《さ》してある。白いシャツは襟《えり》の前が鳥の翼のように開いたウィングカラーで、ネクタイは黒。こんな服装の人、お祖父様《じいさま》の屋敷で見たことあるなと思って、あ、と思い出す。

その男は、葬式で見た執事、津々倉《つづくら》だった。

「え……あ……こんにちは」

確か樹より四歳上で二十八のはずだが、それより年上に見える。落ち着いているが強い意志を感じる黒々とした目を向けられ、その視線に気後《きおく》れしていると手を差し出された。

「お荷物をお持ちいたします」

え？　と思う。荷物って……この通勤鞄《かばん》のこと？

思わず渡してしまったものの、なんだか状況がよくわからない。

「ええと、とりあえず、上がりますか？」

「はい」

樹が鍵を回してドアを開けると、執事は失礼いたしますと、また礼儀正しくお辞儀をしたあと、割と遠慮なく部屋に上がった。間取りは三ＬＤＫで、廊下を数歩歩いたところで、開け放した室内のドアから雑然《ざつぜん》とした部屋の中が見えてしまう。ドアを閉めておけばよかったと内心思った。

樹はごまかすように、「こちらへどうぞ」と、散らかり具合がまだマシなリビングを手で示し、自分は台所に入って冷蔵庫を開けた。しかし、ろくなものがない。

「ええと、麦茶でいいです……か？」

リビングの方を見るが、執事の姿はない。どこに行ったんだろうと首を巡らし、自分の後ろにいて驚く。

「そのようなお気遣《きづか》いは不要です。どうぞ樹様はいつも通りになさってください。飲み物でしたら私がご用意いたします」

「は……？」

樹が戸惑《とまど》った顔をすると、執事は淡々《たんたん》と告げた。

「今日からここで樹様のお世話をさせていただくために参りました。どうぞお構いなく」

「え、ちょっ、ちょっとあの、さっきから何言ってるんですか？」

冷蔵庫を閉めて執事に向き合うと、執事は神妙《しんみょう》に答えた。

「生前、旦那様から仰《おお》せつかっておりました。もしものことがあれば、あとを頼むと」

特に内容のない、どうとでも解釈できそうな遺言《ゆいごん》である。何もコメントできずにいると、執事は滔々《とうとう》と続けた。

「あととはつまり、貴方のお父上の利章《としあき》様と、樹様、貴方のことです。利章様のところにも伺いましたが、身の回りの世話は秘書の重光《しげみつ》さんがいるので間に合っているとのこと。ですので、まだ付き人のいない樹様のところに参った次第でございます」

……言っていることに無理がある。

確かに樹は日本有数の企業グループである高宮グループの創業者一族の一人であり、現会長の息子ではあるが、今は入社二年目の平社員である。

「あの、急に付き人とか言われても困ります。僕はまだ世話係を雇うような地位にありません。それに自立したいと思ったからここで一人暮らしを始めたので、自分で料理も掃除もするつもりです」

「それで毎日レトルトカレーとカップ麺でございますか」

言われて、ぎょっとする。図星だったからだ。

「なんで」

「そこの台所の隅《すみ》に大量に積まれております」

執事の言う通り、台所の床に置いた箱には、この前スーパーで買いだめしたレトルトカレーがぎっしりとストックされ、カップ麺はタワーのように積み上がっていた。

「冷蔵庫の中も空《から》っぽでしたね。ペットボトルとマヨネーズが入っているだけで」

「いや、それはっ」

さすがに恥ずかしくて、顔が真っ赤になった。

今年の四月から一人暮らしを始めたものの、まともに自炊したのは最初の一週間だけで、あとは、なし崩し的に食生活の質は下降の一途《いっと》をたどっていた。

金がないわけではない。ただ面倒で、早く簡単に食べられるもので済ませてしまっているのだ。

「それに一人暮らしを始められてからすでに二回、風邪で会社を休んでおられますね。以前に比べて体調を崩しやすくなったのでは」

「それは、そうかもしれないけど……」

どこ情報だそれ？　と思う。

祖父の執事だったので、何か情報網はあるのかもしれないが、自分のことをかぎ回ってきたのかと思うと、いい気はしない。

「世話を受けたくないということでしたら、とりあえず三ヶ月、私が毎日生活指導をさせていただくというのはいかがでしょうか。樹様が健康に自立できるよう、料理もお教えいたします」

そんなことを言われても、樹にだって都合がある。それに、突然やってきて今日からここに住むと言われて、受け入れられるはずがない。非常識だ。

「……あの、君さ」

樹はわざと、四歳年上の相手に「君」と言った。「津々倉さん」と言いたくなかったので結果的にそうなった。

「さっきからちょっと、ていうか、かなりお節介《せっかい》じゃないか？　風邪で休むぐらい他の人もしてることだろ」

「不摂生《ふせっせい》は後々に大きな病へとつながります。旦那様にあとを任された者として、このような劣悪《れつあく》な環境での生活を看過《かんか》するわけには参りません」

劣悪な環境。

いきなり来て、そんなふうに言われて、本当のことであろうとさすがにムッときた。

「君の許可なんかなくて結構だ。僕には、君に従う理由はないんだからな」

はっきり断ろうとあえて睨《にら》みつけてやると、執事は黙って目を伏《ふ》せた。

少し言い過ぎただろうかと樹が思い直すぐらいの沈黙《ちんもく》のあと、執事は再び目を上げた。

「わかりました。今日のところは帰ります」

「え……あ、そう？」

「一度、利章様に相談して、樹様に受け入れていただける方法を考えます」

「え、ちょっ、ちょっと待って！」

踵《きびす》を返そうとする執事を慌《あわ》てて止めた。

樹が何より恐れるのは、父を失望させることだ。こんな生活、父に知られるわけにはいかない。

「それは困る。父には言わないでほしい」

「では、私の申し出を受けていただけますか」

まるで樹の反応は織り込み済みだったかのように返す執事に、樹は息を呑《の》んだ。

「……君、それは脅《おど》してるのか？」

「どう思われても、お世話させていただく所存《しょぞん》で参りました」

その言葉に、目を剝《む》いた。

普通に考えて、おかしすぎる。

人の世話をするというのは、その人と仲良くなることが前提だろう。なのに樹を怒らせてまで居座ろうとする意味がわからない。

「なんでそこまでするんだ？」

「旦那様とのお約束ですから」

人を脅しても動じなかった執事の目が暗く揺らめいたのを見て、動揺《どうよう》する。祖父以外を顧《かえり》みないその頑なさが、気に障るというより痛々しくて、樹は目をそらした。

雨の中で佇《たたず》んでいたこの男の姿が目にちらつく。霊柩車を見て、自分の居場所をなくしたように立っていた。

「……」

同情しているわけじゃない、と樹は自分に言い訳した。ただ、この男に命令したのが祖父なら、高宮家の人間として放ってもおけないと思っただけだ。

樹は息を吐き、執事に言った。

「一つだけ条件がある。同居は駄目だ。どこかから通ってきてくれないか」

これだけは絶対に譲れないと身構えたものの、執事はあっさり答えた。

「言い方に語弊《ごへい》があったようですね。私もさすがに同居は考えておりません」

それを聞いてほっとした。プライベートを見られるのが一番ネックだったのだが、相手が通いならなんとでも取り繕《つくろ》える。

それに、食生活は確かにこのままではいけないと思っていたので、これはいい機会かもしれない。樹はいくぶん前向きな気持ちで執事の申し出を了承した。

「では明日から生活指導をさせていただきます。何かあればいつでもおっしゃってください。隣におりますので」

「隣……って……え……ッ」

玄関で執事を見送っていた樹は慌てて外に飛び出した。見ると、隣の部屋の中はもぬけの殻《から》になっていて、そこに執事の荷物らしい段ボールが積まれている。

樹は震える指で部屋を差した。

「だってここ人、人いただろ」

「はい、昨日まではは。話をつけて譲っていただき、本日、私が引っ越して参りました。これからどうぞよろしくお願いいたします」

一体、いくら金を積んだのか。

深々と頭を下げる執事を、樹はそこまでするかと、ただただ呆然《ぼうぜん》と見ていた。

そして翌日から、押しかけ執事との攻防が始まったのだった。

「おはようございます、樹様」

耳慣れない低い声とともにシャッとカーテンを引かれ、朝の光が部屋に差し込む。樹は薄目を開けたものの、あまりの眠さに目をつぶり、逃げるように頭から布団をかぶった。

「樹様、そろそろ起きてくださいませ。声をかけるのはこれで三度目でございます」

最後は容赦《ようしゃ》なく布団をむしり取られ、樹はのろのろと起き上がってベッドに腰掛けた。

半分まぶたの閉じた状態で顔を上げると、黒いネクタイをきっちりと締め、黒いベストとスラックスに身を包んだ執事が立っている。差し出された腕のシャツが、朝日を受けてまぶしいぐらいに白い。

「アーリーモーニングティーでございます」

「え……何？」

「紅茶をご用意しました。目覚まし用に濃いめにブレンドしております」

半分眠ったままソーサーとカップを受け取り、一口飲む。しかしこんなもので眠気が覚めるはずもなく、眠い。とにかく眠い。夜更かししたわけでもないのになんでだと思いながら壁時計を見て驚いた。

いつも起きる時間より三十分も早い。

樹はじろりと執事を見上げた。

「僕が起きるのは七時半だって、昨日言っただろ」

「ええ。ですが朝食の時間を考慮すると間に合わないため、三十分繰り上げました」

はぁ？　と言いそうになる。

「朝食は食べないって、言ったよな、昨日」

「ええ。悪い習慣です。この機会に直させていただきます」

開いた口が塞《ふさ》がらないとはこのことだ。怒鳴る言葉も見つからず、口をぱくぱくさせているうちに執事はさっさと出ていった。仕方なく、紅茶は半分残してパジャマのままリビングに行くと、テーブルにはずらりと皿が並んでいた。

トーストにスクランブルエッグ、カリカリに焼いたベーコンとソーセージ、焼きトマトにつけ合わせのレタス、それからフルーツヨーグルト。一応テーブルには着いたものの、食欲がないので見ているだけでお腹いっぱいになってくる。

……待てよ。なんかおかしくないか？

最後に温めたミルクを運んできた執事に、樹は言った。

「あのさ、君」

「どうぞ召し上がってください。朝は時間がございませんので」

「なんで君、僕の部屋にいるんだ？」

確かに、昨日、合い鍵は渡した。

けどそれは緊急時のために必要だと力説され、仕方なく渡したのであって、日常的に使っていいとは言っていない。頭が回っていないところに執事が当然のように起こしにきたので受け入れかけたが、ここで流されてはいけない。

だが、執事は臆面《おくめん》もなく返してきた。

「生活改善には朝の指導が不可欠ですので」

「だから、僕は朝食は食べない主義なんだって言ってるだろ」

執事はすっと目を眇めた。

「どうやってでも食べていただきます」

「どうやってって、なんだよ。どうするつもりだ？」

「食べていただけるまで、食事を携《たずさ》えてついて回ります」

樹の挑発に執事は淡々と答えているが、目が本気だった。

「わ、わかった、食べればいいんだろっ」

その静かな迫力に気圧《けお》され、樹は不本意ながらトーストを口に突《つ》っ込んだ。だが慣れない朝食を腹に詰め込んだせいで胃が苦しく、しかも時間配分が狂って家を出るのが遅れ気味になる。樹はばたばた走りながら準備をして、少し咳き込んだ。最近よく家で咳が出る。

「樹様、そろそろ家を出るお時間では」

「わかってる！」

クールビズでも洒落《しゃれ》て見えるワイシャツとスラックスに着替え、洗面所の前で髪をスタイリングしながら怒鳴るように言い返す。寝癖がついた髪で会社に行くなどあり得ない。

鏡に映った自分の顔をもう一度確かめる。

大きな目に、すっきりとした鼻筋と口元。やや女顔ではあるものの、それはマイナスにはならなかった。小さい頃からかわいい、きれい、賢そうだともてはやされ、大人になれば美形だと褒《ほ》めそやされている自慢の顔。何より重要なのは、父さえも樹の顔を褒めたことだ。

お前は文香《ふみか》によく似ている。

そう言って、優しげに父に微笑《ほほえ》まれたことを樹はよく覚えている。

亡き母譲りの長い睫毛《まつげ》を瞬《またた》かせ、よしと気合いを入れて時計を見て……飛び上がりそうになった。会社の近くに住んでいる人間にとって、五分の遅れは致命的《ちめいてき》だ。

「樹様」

「何」

「ワイシャツの裾《すそ》が後ろから出ております」

「途中で直すっ」

「樹様」

「なんだよ、まだあるのか！」

「携帯をお忘れです」

充電してあった携帯端末を執事の手から引ったくり、樹は全力疾走する羽目《はめ》になった。


その日、ぐったりと疲れた体で樹は帰宅した。

今日は朝から散々だった。朝食を取ったあとすぐ走ったために腹が痛み、午前中は調子が悪かった。午後は、いつも眠い時間帯はあるものの、今日は睡眠時間が三十分少なかったせいで特に眠く、ガムやコーヒーでも眠気が取れず、仕事がちっともはかどらなかった。

あの執事のせいだと恨《うら》めしく思いながらドアを開けると、玄関で執事が最敬礼をしていて樹はのけ反《ぞ》った。

「お帰りなさいませ樹様。……どうなさいましたか」

「いや、だからっ、なんで君は僕の部屋にいるんだ？」

青筋を立てて抗議するが、執事はどこ吹く風だ。

「床に埃《ほこり》が厚く積もっておりましたので、全面的に掃除をしておりました」

掃除。

その件を突かれると、言葉を濁《にご》さざるを得ない。

「そ、そういうことは僕がする。その、あれだ、掃除はこの週末にしようと思って……」

「左様でございますか。ですが樹様が咳をなさっていたので緊急を要すると判断いたしました。埃の積もり具合からして、三ヶ月は掃除機をかけていらっしゃいませんでしたね」

執事に冷ややかに指摘されて、う、と言葉に詰まる。実際は入居してから今まで五ヶ月近く、一度もかけたことがなかった。

「これからはせめて、二週間に一度は掃除機をおかけください。よろしいですね」

樹は縮こまって、はいと言うしかなかった。結局、勝手に部屋に入るなと強く言えないまま、樹はすごすごと着替えに向かった。部屋の床は見違えるようにきれいになっていた。

このマンションには部屋が四つある。一つはリビング、一つは書斎兼寝室、一つは物置き、そしてウォークインクローゼットと化した衣装部屋だ。樹が一人暮らしをすると表明した途端《とたん》に、父の秘書の重光がこの三ＬＤＫの部屋を見繕ってきたからだ。

当時はなんの疑問もなく入居し、一般的な一人暮らしとしては広すぎると気づいたのは、会社の同僚と間取りを話してからだった。

掃除する気が起きなかったのは、掃除する面積が広いのも一因だ。部屋が多いのもいいことばかりじゃないなと思いながら、樹は衣装部屋に入った。

ワイシャツとスラックスを脱ぎ、下着だけになる。下着を触り、汗をかいているのでこれも替えるかと脱ぎかけて、何気なく視線を横にずらすと、入り口に執事が立っていた。

「わっうわッふぁあああああッ！」

樹はわずかに下ろしていた下着を瞬時に引き上げ、さっき脱いだワイシャツで体を隠した。執事は樹の素《す》っ頓狂《とんきょう》な声に驚いて目を白黒させている。

「……いかがいたしましたか」

「い、いかが、いたしましたかってっ」

樹は猫のようにフーッと毛を逆立てて執事を睨みつけた。着替えを見られていたら誰だって驚くに決まっている。しかも見られた。パンツ一丁を。

「君は、人の着替え中に部屋に来るのかっ」

「はい。旦那様のところではそうしておりましたが」

え、執事ってそうなの？　と思わず納得しかけるが、まったく悪びれない顔で応対され、理不尽さに怒りが募ってくる。

「ふ、普通に考えてみろ。君だって自分の着替えを僕に見られたら嫌だろっ」

「……左様でございますか？　同性ですし、あまり気になりませんが」

その言葉にぐっと詰まる。

樹はそうじゃなかった。同性だということは、気にならない理由にはならない。

樹は、同性愛者なのだ。

「とにかく見るな。ドア閉めろっ」

執事は、はいと答えてドアを閉めた。

きっと自意識過剰だと思われた。被害者はこっちなのに、樹の方がおかしいみたいに思われて、なのに反論できないのが悔しい。

だから同居は嫌だったんだ。同居ではないが、これでは同居と変わりない。

「い、いいか、これからは必ずノックしろ」

「ドアは開いておりましたが」

「開いててもノックしろっ」

樹はドアの外に向かって怒鳴りつけた。

このあと、執事に教わりながら夕食を作る予定だが、初日からすでにやる気は地に落ちていた。

数時間後、樹は自室でくすぶっていた。

くすぶっていたというか、最初は怒っていたが、だんだんいじけて最後はへこんでいた。

……体を見られた。

初めてのキスをファーストキスと言うが、初めて裸を見られる方が重大な気がする。こう、言い表すとしたら、ファーストビュー？　いや、それじゃＩＴの用語だ。

……。

机に向かって資格取得の参考書を読んでいたのだが、全然集中できないので本を閉じ、肘《ひじ》をついて両手で顔を覆った。

あのぐらいのこと、笑ってスルーできなきゃ駄目だろ、と自分を叱咤《しった》する。いつまでも引きずっていたらそれこそ変に思われる。

ぐぅぅとお腹が鳴る。

実は自分が作った夕食が微妙な味だったため、半分しか食べていない。お腹が空くとなんだか惨《みじ》めな気分になってくる。

その時、また性懲りもなく、執事が合い鍵で玄関を開ける音が聞こえてきた。

またかと思いながら、ここの部屋をノックしなかったらとりあえず殴ろうと構えていると、今度はノックがあった。渋々返事をすると、ドアが開くと同時にふわりと甘い薔薇《ばら》の香りがした。

「夜食をお持ちいたしました」

銀のトレイに載せて運ばれてきた、ティーセットとサンドイッチに目が吸い寄せられる。この執事がそんな気の利いたことをするとは想像だにしていなかったので、かなり驚いた。

「ミルクティーでよろしいですか」

樹が頷《うなず》くと、執事はトレイを机の上に置き、その場で茶こしを使ってポットからカップに紅茶を注ぎ、最後にクリーマーからたっぷりとミルクを注ぐ。なんだか鮮やかな手つきで少し見とれた。

「どうぞ」

「きゅうりのサンドイッチって、あんまり好きじゃないんだけどね」

せめてもの反抗を口にしてから食べると……意外にも、はまるおいしさだった。不思議ときゅうりのさわやかさが紅茶の渋みにマッチしている。これおいしいな、と素直に言おうか言うまいか迷っていると、執事が唐突《とうとつ》に頭を下げた。

「先ほどは失礼いたしました」

「え？　ああ」

……謝りにきたのか。夜食作って。

そう思うと、さっきまでのわだかまりが少しは解《と》けていく。樹はいくらか機嫌を直し、サンドイッチを平らげた。

「ごちそうさま。これでまた勉強に集中できそうだ」

「お言葉ですが樹様、そろそろ就寝の時間でございます」

せっかく和み始めたのに、またしてもである。

時計を見るとまだ十一時半だった。樹はいつも一時半に寝ているし、それは伝えてある。なのに朝三十分早く起きるために、二時間早く寝ろというのかこの男は。

「あれだけ寝起きが悪いのは睡眠時間が不足している証拠です。しばらくはこの時間にお休みください」

一日の終わりまで口出しされてむかついた。とにかく、このまま言われっぱなしでは気が済まない。

「呆《あき》れたな。それじゃ君は寝る前に夜食を持ってくるのか。寝る前に食べたら……ええと、そう、太るんじゃないか？」

執事は怪訝《けげん》そうな顔をした。

「樹様はもう少し肉をつけた方がよろしいかと思いますが。あばらが浮いているのはどうかと」

「なっ……」

それを、言うか？

体が貧相《ひんそう》だと言われたも同然の発言に、樹は真っ赤になった。体や腕が頼りなく細いのは、密かにコンプレックスなのに。

わなわなと震える。これはもうセクハラである。どこまで無神経なんだこの男は。

絶対言うことなど聞かずに勉強を続けてやると企んでいると、樹の反抗を見透かしたように、執事はすっと目を細めた。

「三十分経っても起きていらっしゃるようでしたら、寝物語をしに参りますので。ではお休みなさいませ」

樹は椅子《いす》ごと引いた。そんな度肝を抜くような脅し文句を残して執事は去っていく。樹はさすがに嘘だろと思ったが、あの執事なら本当にやりそうな不安に負けて、早々にパジャマに着替えた。臆病な自分が情けない。

……ていうか、これがあと三ヶ月続くのか？

樹はあまりの心労に、ばふっとベッドに倒れ込んだ。同居しているわけじゃないのに、取り繕ってプライバシーを守る目論《もくろ》みは、わずか一日でご破算になった。

その日、樹は憂鬱《ゆううつ》な気分で会社から帰宅していた。八月なので定時だとまだ外は充分に明るく、日のあるうちに家に帰るだけで樹は落ち着かない。四月に部署が変わってから、残業するほどの仕事がないのだ。

去年はよかったのに、と樹は思う。

去年、入社一年目は研修のために複数の部署に回されたが、忙しい部署が多く、その中でも樹は他の新人と比べて格段に戦力になっていた。最後に配属された営業部では、当日になって体調を崩した先輩の代わりに、樹がプレゼンをして企画を通したことさえある。先輩が周到に用意した資料のおかげではあったが、大した度胸だと上司に褒められた。これで少しは父も認めてくれるのではと期待したのに、下った辞令は、取り立てて忙しくもない部署への配属だった。

樹はうつむいたまま息を吐いた。

樹は、父の実子ではない。

そのことを父は知らない。亡き母と樹だけの秘密だ。

母は庶民の出で、高宮とは遠縁でさえない。つまり樹は血縁的には、父となんのつながりもなかった。

だから樹は父に早く認められたいと思っていた。父に跡継ぎと認められて初めて、父の息子を名乗る資格が得られるように思うからだ。

樹は今まで高校でも大学でも優秀な成績を収め、部活や生徒会で活躍し、立派な息子という周囲の評価を得てきた。しかし会社では、特別扱いしないという父の方針もあり、ただの平社員でしかない。しかもあまり活躍する場も与えられず、樹は焦りを募らせていた。

家政婦つきの自宅を出て、一人暮らしを始めたのもそれが理由だった。自分は甘えたれのボンボンではないことを父に示したかったのだが……それもこの体たらくだ。

樹はマンションの三階を見上げた。帰ったらあの石のような執事とご対面かと思うと、どっと疲れてくる。

「お帰りなさいませ、樹様」

「……」

いつものベストとスラックス姿で出迎えた執事に挨拶《あいさつ》も返さず、樹は廊下を進んだ。執事が勝手に部屋に入っていることについては突っ込む気力も起こらない。

執事が来てから六日が経つが、いいことなど全然なかった。相変わらず朝食を取るのは苦痛だし、二時間も寝るのを早めた割には日中眠いし、勉強時間は減るし、苦労して作った夕食は今いちおいしくない。

……これで本当に生活改善になっているのか？

樹は積もり積もった不満を内にため込みながら、今日も一人で夕食を取る。執事はというと台所で洗い物中だ。

なんだかなあ、と思う。

執事が料理を教えてくれるのだが、自炊のレッスンなので、自分が食べる分量を作るのに慣れた方がいいと言われ、樹は自分の分だけ作り、一人でリビングで食べていた。

自宅では家政婦と一緒に食べていたので、他人がいるのに自分だけ、というのはどうにも居心地が悪い。もっとも、あの執事と一緒に食べたいとは思わないが。

実のところ樹が一番参っているのは、押しかけてきたくせに執事が無愛想なことだった。執事が言うことといえば、折り目正しい挨拶と教科書的な指導だけで、雑談はないし、笑顔に至っては気配さえない。これでは仲良くなれるはずがなかった。

樹はここ数日で増えたため息をつきながら、早々に夕食を済ませて洗面所に入り……異変に気づいた。洗濯機のフタが開いていて中が空になっている。樹はさぁっと青ざめ、執事のいる台所に走って逆戻りした。

「君っ、洗濯、洗濯はしなくていいってあれほど……っ」

「はい。あまりに強くそうおっしゃるので洗濯機の中身を拝見したところ、山のように汚れ物が出てきましたので対処いたしました」

樹は脱力しそうになる。なぜこの男は樹の意図を微塵《みじん》も汲《く》んでくれないのか。三週間前から洗濯していなかったので、二十枚以上の下着をこの執事に洗われて干されたのかと思うと恥ずかしくて死にそうになる。洗濯は本気でこの週末にするつもりだったのに。

しかし執事はどこ吹く風で「少しお待ちを」と言い、台所を出てすぐに戻ってきた。

「ワードローブにあったこちらの下着ですが」

古くなったボクサーブリーフを目の前に差し出され、樹は内臓がひっくり返りそうになるほど動転した。

「色落ちが目立ちますし、布地も薄くなっております。身だしなみの観点から、この下着は処分してもよろしいでしょうか」

端整な顔の執事に、自分の着古した下着を広げられてどう傷《いた》んでいるかを説明されることの居たたまれなさ。樹は速攻でパンツを引ったくり、耳まで真っ赤にして叫んだ。

「き、君は人の下着を引っ張り出してチェックするのか！」

「はい。旦那様のところではそうしておりました」

執事を指差した手がわなわなと震える。またこのパターンである。しかしさすがに樹の無言の抗議に察するところがあったのか、執事はああ、と少しばつの悪そうな顔をした。

「何か思い出の詰まった下着でしたか」

「詰まってない！」

執事とのこの嚙《か》み合わないやり取りに、今日も声がかれそうになる樹であった。

「なんとかしてくださいよ、あの執事！」

翌日の昼、会社にひょっこり現れた父の秘書、重光とランチを取りながら、樹は精一杯訴えていた。

場所は洒落たイタリア料理店で、重光はパスタを上品に口に運びながらも笑みを絶やさない。涼やかな目元に細いシルバーフレームの眼鏡《めがね》がよく似合う、さっぱりした容姿と性格の男だ。年は三十八になる。

「あの執事を僕に押しつけたのって、重光さんでしょう？」

「とんでもない。樹さんのもとに行くと言い出したのは津々倉ですよ。私は、それがいいんじゃないかと言い添えただけで」

それを、そそのかすと言うんじゃないだろうか。

樹はじろりと重光を睨むが、重光はさらりと受け流す。

「津々倉は役に立つでしょう。樹さんも一人暮らしを始められて、そろそろ生活が荒れていた頃では？」

「そっ……そんなことないです。家事はちゃんとしていますっ」

重光はくすくす笑いながら、そうですかと言う。父に知られたくないので嘘をつくしかないが、この人にはお見通しなのかもしれないと冷や汗をかく。

「とにかく、あの執事はデリカシーっていうか、プライバシーっていうか、そういうのがないんです。昨日も僕の……その、下着を勝手に整理したりして」

「ああ、それはいけませんね」

重光はすっと真顔になる。やっとわかってくれたと思っていると、重光はなってないとばかりにきっぱり言った。

「そういうことは、もっと信頼関係を築いてからにすべきです」

……。

重光も半分執事のような秘書なので、この訴えは真の意味では理解されない気がして、樹は主張するポイントを変えた。

「それに、あの執事はいつも仏頂面《ぶっちょうづら》で、一緒にいると疲れるんです。口を開けばお小言だし、必要なこと以外しゃべらないし」

「そんなに愛想が悪い方じゃないんですがね。……やはり名誉会長が亡くなったのがこたえていますか」

それを聞いて樹は、あ、と気づいた。

あの執事が無愛想なのは、祖父が死んだからだ。

執事との攻防に毎日振り回されていて、その大前提を失念していた。

よく考えると、祖父が死んでからまだ二週間ほどしか経っていない。樹にとっては、祖父は一年前に植物状態になった時点で「いなくなった人」だったが、あの執事にとってはそうではない。

「樹さんのもとで心の整理ができればと思ったのですが、ずいぶんご迷惑をおかけしているようですね。申し訳ございません」

重光にそんなふうに言われると樹は弱い。重光は樹のことを気にかけてくれるお兄さん的存在なので、重光に頼み事をされると無下にはできなかった。

「私が津々倉と話をして、態度が改まらないようでしたら、早急に引き上げさせ……」

「あああ、いい、いいです。そこまでしなくても」

「よろしいのですか？」

「まだ来てから一週間ですし、もう少し様子を見ます」

とうとう執事をフォローするようなことまで言ってしまう。重光は感謝するように目を細めて、「そうですか」と言った。

「それにしても……あの執事、お祖父様のところにいた時は明るかったんですか？」

「ええ、普通に」

「全然そうは見えないですね。根暗ですっごい堅物《かたぶつ》に見えます。今まで彼女とか一度も作ったことなさそう」

途端、重光は笑った。

「それはないですよ。津々倉の大学時代はすごかったですよ」

……え？

「もうとっかえひっかえでしたよ。つき合った女性の数なら十は下らないでしょうね」

「そう……なんですか？」

「まあそれで大事な人でもできればよかったのでしょうが、結局どの方とも続かずに、正式に執事になってからは名誉会長一筋でしたね。困ったものです」

あの執事、そんなにモテたんだ。

単に驚いただけにしては妙に胸の辺りがもやもやとして、面白くない気分になった。


それから数時間後、会社からの帰り道で樹はまた執事のことを考えていた。

なんだか納得いかないのだ。あんな男がモテるなんて。別に羨《うらや》ましいわけではないが、むかつく。

……いや待てよ。今は彼女いないんだから、全員に振られたってことじゃないか。

そう思うと、すっと気が晴れる。

きっと彼女の下着を物色《ぶっしょく》して、「これは傷んでいるから捨てた方がいい」とか言って、ハイキックをかまされていたに違いない。樹はその光景を想像してくすっと笑いながら、いつも通り鍵のかかっていない自宅のドアを開けた。

「ただい……」

かろうじて「ま」を飲み込んだ。ばくばくと心臓が跳《は》ね上がる。奥からは掃除機の音がしていて、樹の声はかき消された形になった。

樹は、はーっと大きく息を吐いた。

……駄目だ、流されかけてる。

帰宅の挨拶などしたら、執事が部屋にいるのを認めることになる。気を引き締め、今日こそ毅然《きぜん》とした態度で臨《のぞ》もうと廊下を進み、ベランダに面した十六帖のＬＤＫに向かう。

「ああ、お帰りなさいませ樹様」

執事が掃除機を止めてこちらに顔を向ける。がつんと言うなら今だが、困ったことに、もう慣れてしまったのか別段怒りが湧《わ》いてこない。

「ええと……掃除は二週間に一度じゃなかったのか？」

無理やりいちゃもんをつけてみるが、執事は生真面目《きまじめ》に答えた。

「それは最低限の話です。可能なら週に一度はした方がよいと思います」

そうだね。

……いかん、話が終わってしまう。

「ああっと、そう、そういう掃除も、僕がしないと生活指導の意味ないんじゃないか？」

「いずれはそうしていただくつもりですが、今は料理だけで樹様は手一杯かと」

確かにその通りだった。この上、掃除もしろと言われたらかなり負担に感じるだろう。

……いやいや、ここで怒らないとどんどん侵食されてしまう。勝手に掃除されたり、勝手に洗濯されたり、勝手に布団を干されたり、勝手にクリーニングに出されたり……。

……。

それで怒っている自分は心が狭いんじゃないかと一瞬思いかけるが、いや断じてそんなことはない。頼んでもいないのに自分の部屋をごそごそされるのは普遍的に嫌なはずだ。

そう、樹には自分の性癖《せいへき》と出生という二つも大きな秘密がある。だから誰にも踏み入ってほしくない。いつからかそう思うようになり、表面上は愛想よく振る舞っても、深いつき合いは避けるようになっていた。

この執事も、ただ料理を教えにきてくれるだけの人ならよかったのだ。そうすれば無愛想でもそれほど気にならないし、こんなに執事に振り回されることもなかった。それどころか、多少はこの執事の事情を汲み、優しくしてやれたかもしれないのに。

「それに、何かしていた方が私も気が紛《まぎ》れますので、よろしければさせていただきたいのですが」

その言葉に、樹は素直に頷けなかった。疑問というか、引っかかりを覚える。

　ほら、こんな時、深く関わっていなければ何も考えずにいいよと言えるのに。長い時間顔を突き合わせていると、いらないものまで見えてくる。

「君さ、お祖父様が倒れる前まではどんな仕事してたの？」

「お屋敷の使用人の管理監督と、旦那様がお招きするお客様の接待、旦那様の食事の給仕、それからスケジュール管理や交際関係の情報管理など秘書的な業務ですが」

　やはり想像通り、精力的に仕事をしていたようだ。

「掃除ぐらいしたければすればいいけどさ、もっと別の仕事すれば？　君なら役員秘書にもなれるだろ」

「興味ありません」

　その返事に、樹は顔をしかめた。

　この男がこんな家事手伝いにやり甲斐《がい》を見出しているはずがない。ここで何かしたいというのは全部、遺言のためだ。

　客観的に見れば、この執事のやっていることは無駄な努力だ。いくら遺言を守っても、祖父は生き返りはしない。誰も褒めてくれやしない。

　でも、ちりりと胸の奥が痛む。

　この男が祖父の遺言に固執する気持ちには覚えがあった。自分が同じ立場ならそうするだろうということも、理屈ではなく感情的に理解できる。だから。

その努力が哀れで、苛《いら》ついた。

「こんなことしても、なんにもならないのに……」

「いいんですよ。私の人生はもう終わっていますから」

え、と思った時には執事は掃除機を持って移動し、またスイッチを入れてかけ始めた。

大事な人でもできればよかったのでしょうが、という重光の言葉がよみがえる。本当にそうだと思った。そうすれば祖父が死んでもその人の支えがあったのに。こんなところで樹の世話を虚《むな》しく焼くこともなかっただろうに。

……せっかくモテるのに、馬鹿じゃないのか。

樹は執事の背中を見ながら、心の中で毒づいた。

◇　◇

——お前もそろそろ、女の子とおつき合いでもしてみたらどうだ？

高宮章治郎《しょうじろう》が津々倉にそう言ったのは、津々倉が二十歳の時だった。

この頃、彼はまだ大学生だったので、正式な執事は他にいて、彼は執事見習いだった。

章治郎のために紅茶を淹《い》れられるのが至福の時だと言わんばかりに嬉しそうにする彼に、章治郎は声をかけたのだが。

――それは、ご命令ですか。

途端に表情を硬くして、彼は聞き返してくる。こんなことが命令であるはずなどないのに、そうとらえる彼の服従の姿勢に苦笑せざるを得ない。

そんな躾《しつけ》などした覚えはないのだが。

困った顔をしながらも、章治郎は目を細めて彼をまじまじと眺めた。

見上げなければ顔が見えないほど、背が伸びた。

息子の利章も自分の若い頃より背が高いが、津々倉はそれよりさらに高い。武道の類《たぐい》を中学から続けているので体格も年々よくなっていく。

顔は、学生なら大概《たいがい》まだ幼さが残っているものだが、目の前の顔は完全に大人のそれだ。老けているという意味ではなく、目つきがぶれない、とでも言うべきか。

立派な男になった。

感慨《かんがい》深い思いと、もうそんなに月日が経ったのかという思いが交錯《こうさく》する。章治郎は今でも、津々倉と出会った日のことを鮮明《せんめい》に思い出せた。

ある児童養護施設に寄付をした。

高宮グループが行っている慈善《じぜん》事業の一環で、目録《もくろく》の贈呈式《ぞうていしき》に章治郎が出向いたのだ。

いつもは章治郎の連れ合いが出席していたのだが、その年、病気で逝《い》ってしまった。まだ六十だった。

代わりに他の人間が行くことになっていたのだが、妻が力を入れていた慈善事業を一度見にいこうという気になった。連れ合いを亡くしてからというもの日々が空虚で、にぎやかな場所に行きたいという思いがあったのかもしれない。

施設の子供たちは大はしゃぎで迎えてくれた。

ちょうどクリスマスで、全員分のお菓子の詰め合わせを持参したのが功を奏した。赤い長靴型の大きな入れ物に入ったお菓子を抱えたまま、子供たちは章治郎を取り囲んで口々に礼を言った。施設の先生方の思惑《おもわく》が見えないでもないが、これは来年から寄付を増額せねばならんかなと思うほどの歓待《かんたい》ぶりだった。

その中で一人だけ輪に入らず、離れた場所からじろりと睨みつけてくる子供がいた。いかにも悪餓鬼《わるがき》で、章治郎と目が合うとこれ見よがしに長靴の菓子を蹴《け》り上げた。長靴はくるくると宙を舞い、中身が無残にぶちまけられた。

施設の先生方は青くなった。止めに入る間もなく、その子は「偽善者！」と大声で呼ばわり、地面に唾《つば》を吐いて走り去った。

式典が終わったあと、章治郎はその子を捜した。狭い施設だ。すぐに見つかった。施設の裏で鬱憤《うっぷん》をぶつけるようにフェンスをがしがしと蹴っていた。こちらに気づくと、「あんだよ、オッサン」と一丁前に凄んできた。

ああ、この子は寂《さび》しいのだとわかった。わしと同じだ。

次の言葉を口にすることに、なんのためらいもなかった。

「わしのところに来ないかね」

要するに、一目で気に入ったのだ。

そんな悪餓鬼だった彼も、今ではもう成人だ。

津々倉を見て苦笑を浮かべる。こちらが言いたいことはわかっているだろうに。

——お前、わしといくつ離れている？

——五十歳です。

——そう。わしはお前より五十年、早く死ぬよ。

もう七十だ。まだ少しはもつだろうが、目の前の若い彼と人生をともにすることはできない。

今までも何度か似たようなことを話した。そのたびに彼は思い詰めた顔をする。

——それなら、俺の人生もそこで意味を終えるということです。それ以後のことなど、つけ足しなのでどうでも構いません。

彼の結論はいつも同じだ。悲しいほどに。

——行尋《ゆきひろ》。

名を呼ぶと、彼が何事かと顔を上げる。普段はめったに名を呼ばない。いつも「お前」で済ませていた。

こういう顔を見ると、もうすっかり大人の男のように見えていた彼が幼く見える。章治郎は諭《さと》すように言った。

――行尋、人の心は変わるんだ。

ぎゅっと眉根《まゆね》を寄せ、彼は痛そうな顔をする。

――変わりません。

揺るぎない信念。変わらぬ忠誠。そういうものが彼の場合、マイナス方向に彼を追い詰める。

――俺は、変わりません。

それは、死ぬ時は連れていってくださいと言っているようにも聞こえて、本当に困った。ああいけない。こやつを一人置いては逝けぬ。この年になって、そんな不可能な願いを抱くとは。

――やはり、お前はつき合いを広げるべきだ。命令とは言わないが、もっと積極的になってみたらどうだ？

そんなことを言えば命令になってしまうとわかっていたが、そう言わざるを得なかった。

誰か、ともに歩む人を見つけてほしい。

それが、最後まで章治郎の心残りだったことが、津々倉にはどこまで伝わっていただろうか。

それから八年が経った今、津々倉の隣には、誰もいない。

◇　◇

その週の土曜日、樹は朝から洗濯をしていた。放っておくとまた執事に洗われるので、これは急務である。

「終わった」

洗濯物を干し終えて時計を見ると、まだ朝の九時前だった。執事が毎日定刻に起こしにくるので自然と早い時間に用事が片付き、これで心置きなく遊びにいけるなと伸びをする。今日は服を買いにいくのだ。

「車をお出ししましょうか」

今日の予定を伝えると執事がそう言ったので、樹は鼻を鳴らした。

「友達と行くから必要ないよ。そうでなくても、君と一緒だと息が詰まりそうだ」

「ご友人というのは、会社の方ですか」

「大学の友達だよ。空本《そらもと》っていうやつ。ああ、夕食はいらないからな」

堂々と自炊を休めるのは嬉しい。というか、執事に「夕食はいらない」と言い放つのが密かに快感だった。樹は主にそれが理由で上機嫌になり、ばっちりスタイリングを決めて時間がくるのを待つ。するとぶぉんと大きなエンジン音を響かせながら、真っ赤なスポーツカーが駐車場にすべり込んできた。

「よっ」

ドアをバタンと閉めて陽気に車から降りてくる空本に、樹は手を挙げて応えた。

空本は垂《た》れ目ではあるものの、なかなか愛嬌のある二枚目だ。身長は百八十に一センチ足りないと何度も嘆いていたので間違いなく百七十九である。樹はそれより十センチ低いので、贅沢言うよなあと思いながら横に並び……あ、執事の方が少し高いんだなと思った。

「いつも悪いな。車出してもらって」

「いーって。……にしても誰あれ？」

見ると、執事が見送りのために外に出ていた。目が合うとこちらに頭を下げる。

「ああ、祖父の執事だよ」

「執事ぃ？　すっげ、樹のとこそんなのがいんの？　やっぱ金持ちは違うなぁ」

樹は笑いながら受け流す。

空本とは大学の学祭実行委員を一緒にした時からのつき合いである。樹が実行委員長を、空本が副委員長を務めていた。その頃は気のいい男だと思っていたが、ある噂《うわさ》を聞いてから見方が変わった。

空本は、大企業の社長や会長の息子ばかりと仲良くしている。

そう言われてみるとその通りで、大企業とコネを作りたくて、すり寄ってくる態度が透けて見えるようになった。特に卒業後にそれが顕著《けんちょ》になり、何かと樹を褒めそやすし、車を買ってからは甲斐甲斐しく樹のアッシーに徹している。

だが、樹は空本がコネ目当てとわかっていてもつき合いをやめない。父に認められず自信を失いかけている樹には、自分を褒め称える空本の言葉が心地よかったのだ。

「いつもすげぇな。これで二十五万かよ」

何軒目かの店で、荷物持ちをしている空本がうめくように言った。

「そんなに使ってた？　よく計算してるな」

「ったく、相変わらず値段見てねぇだろ。余裕で俺の月給超えてるっつの。これだから金持ちは……」

空本が盛大にため息をつくのを見て笑いながら、樹は店員にこれもお願いしますと服を渡した。それを言うなら樹の月給だって超えているが、樹は店員の言う金額を記憶することもなく、クレジットカードで支払う。家族カードであり、支払い分は父の口座から引き落とされる。

――必要なものは、これで買いなさい。

樹が大学に入学した時、父からこのカードを渡された。最初は父に遠慮して使っていたが、それなりに裕福な子弟が集う大学だったため、だんだん使う額を気にしなくなった。

このカードの口座の残高がいくらあるのかは、今も知らない。

本当は社会人になったらこのカードは返そうと思っていた。だがこれを手放したら父とのつながりが一つ消えてしまう。そう思うと返せなくなり、今ではむしろカードを使うために買い物をしているようなものだった。

「樹ぃー、そろそろメシ食わねぇ?」

空本が珍しく音を上げるように言うので時計を見ると、もう一時に近かった。

「ほんとだ。ごめん、気づかなかった」

空本は不思議そうに樹を見る。

「今日は元気だよな、樹。いっつも十二時前には疲れたとか休むとか言うのに」

そうなのだ。なのに今日はこの時間になっても疲れを感じない。樹も首を傾げた。

「あ、朝食、食べてきたからかも」

「それだわ。絶対それ。いつも言ってるだろ。朝食なんか抜いたら力出ねぇって」

……ああ、なるほどと思った。生活改善というのは、効果が出るのに日数がかかるものなんだなと、この時初めて身をもって知った。

朝食を取る方がいい、早寝早起きがいいという知識はあっても、効果も見えないのに九日もとても続かなかっただろう。それを強制的に実行させてくれる人がいなければ。

あの執事が来てくれたおかげか、と思うが、むかつくので今は考えないことにした。

「いっただっきまーす」

空本と二人で高級料理店に入ってランチを食べる。空本の分は樹のおごりだ。

「いつも助かるよ。僕と一緒だと、空本の買い物ができないだろうけど」

「あー、そんなん全然気にしてねぇ」

空本は白い歯を見せて笑う。コネ狙いとは思えないほど屈託《くったく》なく笑う男で、その顔を見ていると樹も明るい気持ちになれる。

「で、会社の方はどうよ、樹」

「ああ、相変わらず暇。パソコンも満足に使えないような上司のおもりで気が滅入るよ」

「はぁ？　あり得ねぇだろそれ。樹みたいな優秀なのをなんでそんなとこに置いとくんだっての。絶対人事おかしいって」

そのあとも空本は樹の現状を憤《いきどお》り、樹を持ち上げてくれた。さすがはコネ目当てで褒め方に余念がない。仕方ないよと言いながらも、樹はかなり気分がよかった。

「空本の方はどうなんだ」

「あー……、俺のとこは、樹のとことはレベル違うから」

中小企業ながらも、空本も社長の息子だった。渋る空本を促すと、話し始めるが仕事の話はすぐ終わった。

「それよりさ、さっきのじーさんの執事、なんで樹のとこにいんの？」

「一緒に住んでるわけじゃないよ。隣に越してきたんだ」

「へぇ。なんで？」

「祖父が死んだから、僕の付き人になりたいって言ってきたんだ。それは断ったけど」

「うわすっげ、付き人志望っておもしれー。どんな人なわけ？」

期待した目で聞いてくる空本に、樹は日頃の鬱憤を一気に吐き出した。

「最悪だよ。いつも無表情だし、融通利かないし、デリカシーないし。大体、執事って言ったってさ、僕の家の中で大したことなんてできないんだから、家政婦と同じだよ。掃除して、食事の材料買ってきて、僕が帰ってきたら料理教えて一日終わり。正直さ、大の男が家にこもって掃除しながら僕の帰りを待ってるって、どうなのって思うし。家の中、帰るたびにぴかぴかになってるんだよ。台所とか光り輝いてるし。それで、することなくなったみたいで、昨日なんかシューズボックスの中の靴、片っ端から磨《みが》いてたし。なんか見てて哀れすぎる。しかも、そうっ、この前腹が立ったのは、作った料理、一緒に食べないから、夕食どうしてるんだって聞いたんだ。そしたら、隣に帰ったあと、市販の弁当食べてるって。当てつけかっていうの。一緒に食べればいいのに、意味わかんない……」

そこまでしゃべったところで、空本が目をまん丸にしているのに気づいた。

「珍しいな。樹が人のこと悪く言うの。つーか、初めて聞いた」

「あ、いや、だって、あの人は家の人だし」

ぽろっと口から出た言葉に、樹自身、驚いた。空本は「そんなもんか」と納得していたが、樹は内心動揺していた。

いつの間にあの執事は「家の人」になったのだろうか。確かにあの執事相手に、もう遠慮は一切感じないが。

密かに混乱しているうちに、話題は四月に入ってきた女子社員の話に移り、樹はほっとする。なんだか執事のことは今、頭で整理できないので、軽い話題がちょうどいい。

「ほんと、マジかわいいんだって」

「巨乳で髪が長いんだろ」

「……なんでわかるんだ？」

「空本が好きな子って全部それじゃないか」

「悪ぃかよ。そういう樹だって、好きなタイプ固定じゃん。清楚《せいそ》で美人だろ？」

「そうそう。ちょっと病弱で、いつも静かに笑ってて、日傘差して散歩するのが趣味みたいなおとなしい人」

「ははっ、今時そんな女いねーっつーの」

亡き母を思い出して話しているだけなのだが、今日もうまくごまかせたことに樹は満足していた。

自分が同性愛者だと自覚した時はショックだったが、今はそれにはフタをして、いかに隠し通すかを至上の課題にしていた。こんなことを父に知られたらそれこそ終わりなので、樹は自分が実際に男と関係を持つことなど考えてもいなかった。

自分は誰にも愛されずに死ぬんだろうなと漠然《ばくぜん》と思いながら、「あの子絶対俺に気があるんだって」と言う空本に、「それ大学でも言ってたよな」とからかいながら過ごした。久しぶりに楽しい時間だった。

それからしばらくして、空本の携帯端末が鳴った。空本は席を外すが、声が大きいのでこちらにまで聞こえてくる。

「はぁ？　ざけんな、俺は今ＶＩＰと会談中なんだよ……あ、おいっ」

空本は「くそっ、死なす！」と悪態をつきながら通話を切り、戻ってくると情けない顔をして樹に両手を合わせた。

「悪い！　仕事でトラブって、今すぐ来いってクソ親父が」

「……いいよ。それなら急がないと」

樹はすぐに席を立った。

店を出て車に乗る。走るにつれ、運転席に座る空本の横顔が仕事モードに変わっていく。一人前の男の顔だ。

「この埋め合わせは今度するから！」

樹をマンションまで送ったあと、そう言って去っていく空本に手を振り、空本の車が見えなくなったところで、樹の表情はすっと能面のようになった。

空本は社内ですでに重要な戦力になっているのだ。饒舌《じょうぜつ》な男である。話すことならいくらでもあっただろうに、仕事の話をほとんどしなかった。恐らく、活躍できていない樹を気遣って。

最後の最後で気分は最悪だった。駐車場に置いた大量の紙袋が、今すぐ捨ててしまいたいほど疎《うと》ましかった。

仕事で父親の力になれている空本が心底羨ましい。樹は跡取りとして戦力になるどころか、目立つなと言わんばかりにどうでもいい部署に押し込まれているだけなのに。

……気づいてるに決まってる。

樹は衝動的に携帯端末を取り出し、父の番号を表示させる。

ずっと聞きたかった。もうはっきりさせたかった。父さんは、僕が他の男の子供だってこと、ご存じなんですよね。

「……」

指が震え、ボタンを押せない。

もし父が知らなかったら。自分の思い過ごしだったら。そう思うと怖くて押せない。

自分は意気地《いくじ》なしで、臆病者だ。

「樹様？」

急に声をかけられてびくっと振り返ると、車の音で気づいたのだろう、執事が出迎えにきていた。

「お帰りなさいませ。荷物をお持ちしましょうか」

まだ三時前である。夕食はいらないと偉そうに言ったのに早々と帰ってきたことが恥ずかしく、樹は逃げるように階段を上がる。執事は怪訝そうにしながらも、置いたままになっていた紙袋を全部持ってついてきた。

樹が自分の部屋のドアを開けると、執事も入ってくる。荷物を持っているから当然なのだが腹が立った。今は一人になりたいのに。

「お早いお帰りですね」

そんな言葉が皮肉のように聞こえた。

「空本に仕事が入ったんだ。仕方ないだろ」

「左様でございますか。休日にまでご多忙ですね」

「会社で期待されてるんだよ。僕と違ってね」

吐き捨てるように言う。

自分で言って、自分で傷ついた。

「ご友人の会社とは規模も違うでしょうから、一概に比較はできないと思いますが」

そんなことを言われても慰めにもなりはしない。苛々していると、執事に「こちらはどういたしましょうか」と紙袋のことを聞かれて、ヤケになった。

「全部捨てるから、ゴミに出してくれ」

「ゴミ、ですか」

「ああ、どれも気に入らないんだ」

「それなら返品した方が」

「うるさい！　いいから、それを持って出ていってくれ！」

八つ当たりだとわかっていても、止められない。執事は樹の剣幕《けんまく》を見ると、一礼して紙袋を持って出ていった。樹は頭が痛くなってきてベッドに寝転んだが、毎日充分な睡眠を取っているせいでなかなか眠れず、何度も寝返りを打った。


「樹様」

呼ばれて目を覚ますと、目の前に執事がいた。もう夕方らしく、薄いカーテン越しの景色はうっすらと夕暮れの兆しを見せている。

「今日は外食にいたしましょうか」

「え……ああ」

さっき八つ当たりしたことを思い出して気まずくなるが、執事は気にした様子もない。

「何か食べたいものはございますか」

「別に、何も。……君に任せるよ」

執事はかしこまりました、と無表情に答える。愛想はないが、いつも通りに振る舞ってくれていることに少し感謝した。それと同時に、うやむやにして謝らずに済ませようとしている自分が嫌になる。素直に謝ればいいのに。

それから、執事の車の運転席の後ろに乗せられ、しばらく走る。樹は再び父のことで思考の迷路にはまってしまい、気が滅入りだしたところで車は停まった。

「着きました」

そう言われて、初めて窓の外に意識を向ける。

そこは街中ではなく、どう見ても山だった。

「なんだここ。どこに店があるんだ」

訳がわからないが、執事に外からドアを開けられ、仕方なく外に出て――。

目の前に、一面の夕焼けが広がっていた。

立っている場所は小高い丘で、前方には空しかなく、まるで空の只中《ただなか》にいるように感じる。西の空が朱《あか》くグラデーションを描いているのが幻想的で、日が沈むだけでこんなに世界は美しいのかと、言葉もなく見入った。

「ここから夕焼けを見るのが好きでしてね。たまに気分転換に来るんですよ」

いつも硬く構えている執事が、するりと樹の隣に並ぶ。表情も声も普段より柔らかくて、一瞬どきりとする。

落ち込んでいた樹を気遣ってのことだろうが、樹は慣れない状況に、ついうがった見方をした。

「……ああ、昔はそうやってナンパに使ってたんだろ、この場所」

「いえ、誰かをお連れしたのは初めてですよ。ここは子供の頃、旦那様に教えてもらった場所でして」

「え……」

そんな思い出深い場所に連れてこられたことに驚く。いいんだろうかと思ったが、執事は気にしていないようだ。

「それはそうとして、何を重光さんからお聞きになったのです」

情報源はしっかりバレている。ぎくっとするが、樹は隠すことでもないと開き直った。

「大学時代はモテモテだったんだってな」

「ああ……それですか」

「女の子とたくさんつき合って、なんで誰とも続かなかったんだ？　高望みしすぎじゃないのか」

「いえ、そういうことではなく……」

執事は言葉を濁していたが、考えを整理するように夕日に目をやり、そうですねと続けた。

「独占欲が湧かなかったのですよ。本当にほしいものは独り占めにしたくなるんですけど、そういう気持ちにならなかったので、続かなかったのです」

「へえ……そうなんだ」

自分で聞いておきながら、この執事がそんなプライベートな部分を見せるとは思わなかったので、ちょっと意外で驚いてしまう。石みたいだった執事が急に身近に感じられた。

涼しい風が空を通り抜けていく。

空気のきれいな場所で暮れていく景色を見ていると、こもっていた鬱屈《うっくつ》が吹き飛んでいくようだった。

「……ああそうだ。今日、買い物で歩き回ったけど全然疲れなかった。生活改善の効果が出たよ」

「そうですか。それは何よりです」

ほっとしたというよりは、予想通りの結果が出たという響きで、なんだか癪《しゃく》に障る。

「君さ、君の強引なやり方がうまくいったからいいものの、もしうまくいかなかったらどうするつもりだったんだ？」

「うまくいかないも何も、今まで樹様が不健康だった原因は、一人暮らしによって、それまでの規則正しい生活が崩れたからです。一人暮らしをする前の生活リズムに戻せば、自然と元の健康を取り戻せます」

「僕の前の生活を知っていたのか？」

「当然です。最初に伺う前に、樹様の実家を管理している家政婦から話を聞き、樹様の生活リズムから食事の好み、風呂の湯の温度までリサーチ済みです」

久々にこの執事相手に、あんぐり口を開けてしまう。

「……そんなことまでするのか？」

「執事ですから」

いや、それ違うだろ。

「それにしても、樹様は私がなんの根拠もなく指導をしていたとお思いでしたか」

からかうような雰囲気が伝わってきて、「そんなの気づくわけないだろ」と返しながらも、どこかくすぐったい気持ちになる。初めて、この執事の素顔に触れた気がした。

それから雑談をしているうちに夕陽は沈み、辺りは次第に暗くなってきた。

「そろそろ車に戻りましょうか」

「あ、うん」

まだ話したい気分だったが、執事が車に向かって歩き出したので、それに続いた。

「ありがとな、連れてきてくれて」

「……いえ、礼を言っていただけるようなことはしておりませんよ、何も」

執事はふいと目をそらした。え、と思っていると、少し緩んでいた執事の表情がまた硬くなり、さっきまでの穏やかなムードが嘘のように消えていく。まるであれは夕焼けが見せた魔法だったとでもいうように。

それなら魔法が消える前に、せめて謝っておこうと思った。

「さっきはごめん。八つ当たりして」

「ああ……」

「どうすれば父に認めてもらえるのかわからなくて、焦ってて……」

「……」

こんなことを言っても相手も困るだろう。樹はごまかすように笑った。

「親離れできてないボンボンだって、思っただろ」

「いえ、その気持ちはわかります。私も旦那様に認められることだけがすべてですから」

——過去形じゃなかった。

その言葉を聞いた途端、樹は弾かれたように口走っていた。

「そんなこと言うなっ」

苛立ちのボルテージが一気に上がる。驚いた顔をしている執事の正面に回り込み、樹は食い入るように睨みつけていた。

猛烈《もうれつ》に腹が立った。

どんなに頑なに遺言を守っても、死人が認めてくれるわけじゃない。なのに……認められないとわかっていて、それでもあがくのをやめることができないこの男の生き方が、虚しさが、身に染みてわかるから。

「人生終わってるなんて、言うなよ」

執事の目がゆっくりと見開かれる。

その言葉を聞いた時から、樹はずっと言いたかった。

「終わってないだろ。君は生きてるだろっ」

執事は答えない。ただ大きく目を瞠《みは》ったまま、樹を見下ろしている。

思いを吐き出して、しかしあとが続かなくて、もどかしい思いで顔をうつむけると、くっ、と息の音が聞こえた。何かと思ったら執事が口を押さえている。

……苦笑しているらしかった。

「なっ……」

「参りましたね、そんなことを気にされていたのですか」

「き、気になるだろ、普通」

「私は言ったことさえ忘れていましたが」

「……ッ！」

青くさい台詞を言ってしまった恥ずかしさと悔しさで、かぁっと赤くなっていると、なぜか執事が一歩近づいてきて、上から覆いかぶさるように背中に両腕を回してきた。

抱き締められた、ということを理解するのに、数秒を要した。

他人の体がこんなにも近くにある。それ自体が初めての経験だった。

執事の体温が自分を包み込み、その息づかいを間近に感じる。心拍数が加速度的に上がっていく。

これって抱きつかれたんだよな、とどきどきしていると、ぽんと頭をなでられた。

……ちょっと待て。

慰められてるのは僕の方？

「おいっ」

執事の胸を押して体を離し、僕じゃなくて君だろ君、と言おうと顔を上げて……言葉が止まる。

執事は笑っていた。

薄く闇が訪れる夜色の空の下で、こぼれるような笑みだった。

どくん、と心臓が跳ね上がる。

さっきの夕焼けよりも、その光景が胸を焦がすように強く焼きつく。

「ああ……失礼いたしました」

執事は笑うのをやめるけど、笑いの余韻は消えていない。その楽しそうな顔を見ていると、樹は嬉しいような切ないような気持ちになる。

ああこの執事は……いや津々倉は、こんなふうに笑えたのだと。

「それでは、今度こそ食事に参りましょうか、樹様」

津々倉が少し芝居がかったような動作で後部座席のドアを開ける。声にはどこか甘く優しい響きがあり、以前感じていた石のような冷たさは、もうそこにはなかった。

それから、樹は会社からの帰り道が楽しくなった。

ほんの数日前までは帰宅が憂鬱だったのに、今はマンションを見ると走り出したいような気分になる。今日は残業があっていつもより二時間遅いので実際小走りになり、樹は息を弾ませながらドアを開けた。

「お帰りなさいませ、樹様」

「ただいま」

津々倉が今日もきっちりとしたベスト姿で出迎える。仏頂面ではなく、笑顔で。

「走って帰ってこられたのですか」

「え、いや。……うん、ちょっと」

「そんなに急がなくてもいいでしょうに」

樹は笑われて赤くなりながら衣装部屋に向かい、この前買ったTシャツに着替えた。一度はゴミにしようとした大量の服は、津々倉がどれも似合うと言うので結局使っていて、それなりにお気に入りになっていた。

「今日は何？」

「ハンバーグでございます」

樹は心の中でぐっと親指を立てた。

樹の舌はそれなりに肥えているものの、一方でコロッケやハンバーグといった、母が作ってくれていた庶民派メニューも好きだった。でもそれを素直に表現するとまた笑われそうなので、少し控えめに喜びながら台所に向かった。

「下準備はできておりますので、あとは材料を混ぜて焼くだけです」

見ると、微塵切りにされた玉ねぎが炒められ、フライパンの中で飴色《あめいろ》になっている。

今日のように遅くなる日は、津々倉が下準備をしてくれるようになった。それでは自炊の訓練にならないのではと思ったが、「今は嫌にならずに毎日台所に立つ習慣をつける方が大事」ということで、樹の負担が日によって増えないようにしてくれている。そんな工夫もあって、樹は料理が苦でなくなってきた。むしろちょっと楽しいかもしれない。

「おいしい」

作ったハンバーグを食べながら言うと、一緒に食べている津々倉が笑う。

「樹様が作ったんですよ」

「半分は君だろ」

二人分作って二人で食べるように変え、やっぱり誰かと食べる方がおいしいなと思った。津々倉との生活はいい方向に回っていた。朝食は平気になったし、睡眠時間が増えて眠気が取れ、何事も集中力が上がった気がするし、勉強に関してはそれにプラスして、津々倉が毎晩おいしい紅茶を淹れてくれるようになって、いい励《はげ》みになっている。ぐだぐだになっていた樹の生活の質は飛躍的に向上し、樹はこっそり津々倉に感謝する毎日だった。

「なあ、君は『ブルーソード』は知ってる？　映画」

「存じませんが、どんな映画ですか」

「中世ヨーロッパ風のファンタジー映画。週末にそれのⅡが劇場公開されるんだ。見にいこうと思って」

「どなたかとご一緒ですか」

「いや、Ⅰは空本と行ったんだけど、Ⅱはパスって言ってたから一人で行ってくる。外国の人の顔が見分けつかなかったんだって。そんなことないと思うんだけど」

食事中に津々倉とこんな他愛のない話ができるのが、思いの外楽しい。

「そうそう、続き物の映画だとⅡの公開前にはⅠをテレビで放映するって知ってた？　空本に教えてもらったんだけど。それで明後日の金曜の九時からⅠがあるから、もう一度見ようと思って。面白いよ」

「そうですか。では私も見てみます」

薦める気持ちはあったものの、さらりと言われて、えっと思う。

「でも君、ファンタジー映画好きなの？」

「今まで見たことがないので好きかどうかもわかりませんが、樹様が好きだとおっしゃるものには興味があります」

こくり、と樹の喉《のど》が鳴った。箸《はし》を握っている手に力が入る。

「じゃあさ、金曜日、ここでテレビ見る？　ほら、うちのテレビ、大きいし」

「ええ、ぜひご一緒させてください」

津々倉の顔に浮かんだ笑みに、かぁっと一気に血が上る。

普段ほとんどテレビを見ない樹だが、この時ばかりは、入居時に重光が用意した大画面のテレビに感謝した。

翌日、樹はずっと金曜のことを考えていた。内緒で何かお菓子を用意しようと思いついてからは、それで頭がいっぱいになる。仕事中も気づいたらそのことを考えていて、慌てて仕事に意識を戻す始末だった。

何がそんなにわくわくするのか自分でもよくわからない。とにかく津々倉と仲良くなれているのが嬉しくて仕方なかった。

会社から帰る頃には、もし津々倉が面白いと言ったら映画にも一緒に行って、そしたらあの店で食事して……とどんどん妄想は膨《ふく》らんでいたが、そうはうまく事は運ばなかった。

「重光さんが入院することになったそうです」

帰った途端にその知らせを聞いて、樹は仰天《ぎょうてん》した。

「なんで？　だって、この間会った時は元気そうだったのに……」

「先週の週末に症状が発生して、様子見をしていたそうですが、病状が悪化しているため手術が決まったそうです」

「大丈夫なのか」

「ええ、手術を受ければ治るそうです」

それを聞いてひとまずほっとする。しかし津々倉は浮かない顔だった。

「入院は十日余りの予定で、退院後しばらくは自宅で療養《りょうよう》されるそうです。入院の時期は来週末です」

「来週末？　今すぐ入院するんじゃないのか？」

「そうした方がよいと私も思うのですが、重光さんがどうしても引き継ぎのために一週間は必要だと」

「……そこまでして引き継ぎしないといけないものなの？」

「利章様はどうでもよさそうなのですが、重光さんが、引き継ぎをしないと入院できないと頑固《がんこ》におっしゃるので」

重光は気が回るだけに心配性なところがあった。こんな時ぐらいおとなしく休んでほしいところだが、言って聞くような人でもないのは樹もなんとなくわかる。

「それで引き継ぎのために、私が明日から重光さんのところに通うことになりました」

え……。

「入院中、利章様のお世話をするよう重光さんに頼まれまして……その間は樹様に料理をお教えできそうにありません。申し訳ございません」

「え、いや、それはいいよ」

急に言われて戸惑うが、とにかく笑顔で答えた。一抹《いちまつ》の寂しさは顔に出さずに。

「それから明日ですが、遅くなりそうなので夕食は用意しておきます」

明日は金曜日だ。樹は今度こそ動揺した。

「何か食べたいものはございますか」

「いや、いいよ、適当に食べて帰るから。それより九時までには帰れる？」

こんな時にそんなことを聞くのはどうかと思ったが、聞きたい気持ちを抑えられなかった。津々倉は一瞬沈黙したが、すぐにほころぶように笑った。

「ええ、さすがにそれまでには帰宅できると思います。楽しみにしていますね」

その笑顔と、楽しみにしているという言葉に不安など吹き飛んで、樹は大きく頷いた。


翌日、樹は会社帰りに定食屋に寄った。騒がしくて味も今いちな店なので普段は来ないが、今の樹はそんな不満を感じることもなく、黙々と夕食をかき込むとスーパーに直行した。今夜の買い出しをするためだ。

テレビを見ながらつまむお菓子はクラッカーに決め、昨晩調べて材料をメモしてきた。

津々倉と一緒に食べることを考えると頬が緩みそうになりながら、クラッカーと、その上にトッピングするチーズや果物などを次々にかごに入れ、最後にお酒のコーナーに行く。ワインを買うつもりだったが、津々倉がどんなワインが好きなのかわからず散々迷う。無難にソフトドリンクにしようかとも思ったが、それにしても津々倉の好みがわからない。

津々倉のこと全然知らないんだな、と改めて思う。それならもっと知りたい、と好奇心がむくむくと湧き上がり、津々倉が帰ってきたらあれも聞こうこれも聞こうと質問を頭にストックして、結局ワインを買った。お酒で津々倉の口が軽くなることを期待して。

そして帰宅したあとも下ごしらえに四苦八苦《しくはっく》し、やっと完成したのは夜の八時前だった。

リビングのテーブルに色とりどりのクラッカーを載せた大皿を置き、ワイングラスを二つ添える。さらに映画なのだからと、今まで一度も使ったことがなかった照明の調整機能で少し部屋を暗くまでして、あとは津々倉を待つだけになった。

だけど、それからの時間が長かった。

準備している時は時間など感じなかったが、待ち始めると途端に長く感じる。そわそわしながら何度も時計を確認していると、そのうち八時半になってしまった。

その時、樹の携帯端末からメールの着信音が鳴った。飛びつくように手に取って見ると、遅くなるため一緒にテレビを見られない、という謝罪のメールだった。

「なーんだ……」

樹はぞんざいに端末を置き、リビングのソファに腰を下ろした。

せっかく作ったんだから自分だけでも食べようと、ワインをグラスに注ぎ、一番見た目が豪華ないちごとキウイとチーズを重ねたクラッカーを口に入れた。あんなに楽しみにしていたのに、なんだか味気なかった。

やっぱり津々倉がいないとつまらない。

待っていたら帰ってこないかなと未練がましく考えていて、ふと録画すればいいことに気づく。樹はリモコンを取って操作しようとして、手を止めた。

……いや、いいや。

こんなに盛り上がっているのはきっと樹だけだ。津々倉はついでに見られるなら、ぐらいの気持ちだっただろう。忙しくなったのに、わざわざ録画してまで見せるものじゃない。

樹はリモコンを置いて、テーブルの上に目をやった。テーブルを飾る華やかなクラッカーが急に場違いに見えた。

たかがテレビを見るだけで、この用意ははしゃぎすぎじゃないだろうか。

これを見たら津々倉は引いていたかもしれない。いや、悪くすると、樹の性癖に気づくきっかけになったかもしれない。

……何を浮かれていたんだ。

樹はずるずるとソファの背もたれに沈みながら、自分の言動を振り返った。

思えば、ここ数日、無防備すぎた。自分は誰にも好意を示すべきじゃない。女性に誤解されても困るし、男に悟られたらもっとまずい。

自分は津々倉が好きなのだろうか。

そうじゃないつもりだった。ただ津々倉との距離が縮まっていくのが嬉しくて舞い上がっていた。でもこれ以上、気持ちが進まない方がいいというのは自分でもわかる。

津々倉が帰ってこなくて、よかったんだ。

そう思って、ずんと気持ちがへこんだ。

九時になってテレビが始まり、樹はそれを見ながらクラッカーを一人で片付けようと、機械的に口に詰め込んだ。二人分なので量が多く、全部に載せたチーズがだんだんもういいという気になってくるが、それを無理やりワインで流し込む。

そんなことをしていたので飲み過ぎたのか、三十分後には眠くなっていた。半分まぶたの閉じた目でテレビを見ながら、樹はうつらうつらし始めた。


意識が、ぼーっとしている。

頭が揺れ、隣の人の肩に当たる。

あー……ここ、電車の中だっけ……？　迷惑だよなぁ、起きないと……。

……なんで電車？

世界がゆらゆらと揺れる。ここ、家じゃないのかな……家で入っていったら津々倉しかいないし……あー、津々倉か。じゃあいいや。

半分寝ている頭で津々倉の肩にもたれたまま、また眠りにつく。ずずと体はさらに傾き、いい位置で頭が止まる。あ、ここちょうどいい。高さもいいし、何より安定感が……。

……。

……待て。これってもしかして……。

ふっと、意識が浮上する。

「……」

この頭を受け止めてくれる適度な硬さ、心地よい温かさ。そして先ほどの肩の位置との相関関係を考えれば間違いない。

膝《ひざ》、枕だ。

胸が急に燃えるように熱くなり、じわ、と手が汗ばむ。

いや、これはちょっと、まずくないか？

起き上がろうとしたが、体が動かない。意識はあるのに、脳が怠惰《たいだ》モードに入っていて、体に命令を出そうとしない。

まさかこれは……酔い潰れてる……？

アルコール度数高めのワインが体をすっかり重くしていて、指一本動かすのさえ膨大なエネルギーが必要だった。そしてその肝心のエネルギーは、在庫切れだ。

ああやばい……とぴくりとも動けないなりに葛藤《かっとう》していたが、ふと、そういえば拒否されないんだなということに気づいた。

受け入れてくれたというよりは単に起こさないようにという配慮なのだろうけど、それでも……甘い疼《うず》きが胸に生まれた。重くてまぶたが開かないので今が何時かもわからないが、テレビの音でクライマックスに差しかかっているのはわかる。

……テレビが終わるまで、あと少し。その間だけでいいから、もう少しだけ……。

どきどきと、さっきから胸の鼓動《こどう》が収まらない。こんな気持ちになっても駄目なのに。諦めないといけないいだけなのに……。

その時、津々倉の体に動きがあった。あ、起きてるの気づかれたかなと思っていると、津々倉の手が動く気配がした。

あー、撤去される……。

そう思って観念していたが、樹の頭に近づいてきた手は、樹を排除する動きはしなかった。そろそろと髪に触れてきて……。

え、あれ……?

ゆっくりと、髪の表面に手をすべらせる。

最初は樹が起きないかどうか、うかがうような慎重さがあったが、二度、三度確かめたあとは手から力みが抜けていって……。

「……っ」

全身からぼっと火が噴き出すかと思うほど、一気に体温が上がった気がした。

これって、なで、なでられてる……？

まるで膝の上の猫を慈《いつく》しむように、優しく髪をなでられる。津々倉が微かに笑う息づかいが耳にかかり、甘い震えが体に走った。

ていうか、今、ヒロインが主人公かばって死にかけてるんですけど。ほら、今は笑うところじゃなく泣かせる場面で……ていうか君、さっきから全然テレビ見てなくない……？

迫力の大画面からは悲痛なＢＧＭが流れているのに、津々倉はまるでテレビなどそこにはないかのように膝の上の樹を構っている。

お、落ち着け。きっとこれはあれだ、執事だからだ。そう、祖父のところでは膝枕も執事の仕事で……。

……。

……そうか？　本当にそうなのか？

津々倉の手は、相変わらず愛しそうに樹の髪を小さく乱す。

勘違いしてはいけない。津々倉は女好きの男だ。樹に気があるとか、そんなはずあるわけない。そう思いながらも津々倉の指の動きに翻弄《ほんろう》され、あらぬ期待に胸を焦がしてしまう。

樹は結局寝たふりをやめられず、テレビが終わってもなで続ける津々倉にされるがままで、そのあとベッドに運ばれて布団をかけられるまで、身じろぎもできずにじっと固まっていた。

その日、樹は久しぶりに津々倉と夕食を作っていた。連日、重光からの引き継ぎで津々倉は遅くなりがちで、土曜から三日間、樹は一人で自炊にチャレンジしていた。できは……まあまあだった。

今日は引き継ぎが一段落するので早く帰れそうだということで、何が食べたいかと聞かれて迷わずカレーと答えた。

今は切った材料を全部鍋に入れ、ぐつぐつ煮込んでいる最中だ。

「そういえば、君はどんな仕事を引き継いだんだ？　君も出社して父と仕事するの？」

隣にいる津々倉を見上げて聞くと、彼は苦笑した。

「私は社員ではありませんので、さすがにそれは無理ですよ。私がするのは利章様の身の回りの世話と、合間に重光さんの見舞いにいくぐらいです」

「身の回りの世話って、泊まり込み？」

「いえ、毎日夕食が終わればこちらに戻ってきますよ。主な仕事は食事の世話ですので。重光さんによると、利章様は放っておくと食生活が乱れる方なので、くれぐれも食事だけは気をつけるようにとのことです」

「そんな心配までしてるの、重光さんは」

津々倉は肩をすくめた。

「わからないでもないですがね。利章様は皿の上に載せて出されたものなら、石けんでも食べそうな人ですから」

「それは言いすぎだろ」

でもそう言いたくなるのもわかるほど、父は食に無関心な人だった。庶民の出の母が、家政婦に任せず愛する夫に手料理を出しても、父がそれに対して何か言うのを聞いたことは一度もなかった。

「まあ本当のところは体重の増加を危惧《きぐ》なさっているようですがね。増えると戻すのに何ヶ月もかかって大変らしいです。重光さんが」

それが苦労人の重光らしくて、樹も津々倉も小さく笑った。

津々倉とゆっくり過ごせて、樹はその嬉しさを改めて噛み締めていた。

この三日間は、朝食は一緒に食べていたものの、夕食は一人だし夜の紅茶はないしで、樹は津々倉と過ごす時間に飢えていた。今まで何かと樹の部屋に居座っていた津々倉がいないと、物足りなく感じる。

そう、家に帰れば津々倉がいるのが、もう当たり前になっていた。

でも、この生活はいつか終わる。

そんなことを意識し始めたのも、この三日間がきっかけだった。樹が自炊できるようになれば、津々倉がここにいる理由はなくなる。

「なあ、君はここを出たらどうする気だ？」

すると津々倉は意地悪い笑みを浮かべた。

「そんなに簡単に自立できるようになるとお思いですか？　私の手助けが不要になるのはまだまだ先では」

「な……し、失礼だなっ」

真面目に聞いているのに、はぐらかされて膨れると、津々倉は目を細めて笑った。

「その方が私は嬉しいですけどね。樹様といると楽しいので」

「えっ……」

不意打ちにそんなことを言われ、顔が熱くなるのを止められない。

「そ、そうなのか？」

「ええ。今まで意識が戻らない旦那様のお世話をさせていただいておりましたので、樹様を見ていると、驚いたり怒ったりわめいたり、表情がめまぐるしく変わるのが面白くて癒されます」

「ちょっ、怒ったりわめいたりって、それは君のせいだろ！」

樹が突っかかると津々倉にくすくす笑われる。単にからかわれているのかもしれないけど、樹の心臓はどきどきと鳴りっぱなしだった。

津々倉は自分を、必要としてくれているのだろうか。

ここにいて君が安らげているのなら、それ以上嬉しいことはない。

カレー鍋のフタを開けてかき混ぜている津々倉の横顔を見ながら、樹は胸がいっぱいになるのを感じていた。

……まずいな、と思う。

一緒にテレビを見て膝枕をされた夜以来、津々倉への思いは募るばかりだ。

「そういえば、この前の『ブルーソード』ですけど、最初から全部見ましたよ」

「えっ？」

あまりにもタイミングよくその話を出され、やましい気持ちを見透かされたようで焦る。

「動画配信サービスで空き時間に見たんです。面白かったですよ」

「そっ……そう」

「Ⅱの映画にはもう行かれましたか？」

「いや、空本が行かないから、いつでもいいって思ってたら、なんか後回しになってて」

「それなら私と一緒に行きませんか？」

「え……？」

どくんと心臓が跳ね上がる。

待ち望んでいた展開だったはずなのに、樹はなんだか急に怖《お》じ気《け》づいた。今一緒に映画になんか行ったら、何かが変わってしまいそうで、怖い。

「……でも、君、忙しいだろ。週末には重光さんが入院するし」

「いえ、私への引き継ぎはほぼ終わりましたので、入院が始まるまでは時間ありますよ」

「でも……それだと行くのは平日の夜だろ？　平日ってあまり遊ぶ気になれないから」

「そうですか。それなら仕方ないですね」

諦めてくれてほっとする。樹は今のままで充分すぎて、これ以上なんて許容量を超えてしまう。

「それにしても、空本さんがいるかどうかで意気込みが変わるなんて、空本さんとは本当に仲がいいのですね」

「いや……どうかな」

聞き流せばよかったのに、ぽろっとそんなことを言ってしまう。怪訝そうな顔をする津々倉に、どうしようかと迷ったが、話すことにした。

「空本はコネ目当てなんだ。僕と仲良くしてるのは僕が大企業の会長の息子だからだよ」

その答えは予想していなかったのか、津々倉は眉を寄せた。

「それはないと思いますが。空本さんは普通に樹様を友人だと思っているのでは」

「そんなこと、君にはわからないだろ。空本とは一回しか会ったことないじゃないか」

「それは……そうですが」

津々倉はいったんは引き下がりかけたが、樹を見て、諦め切れないように続けた。

「樹様は利章様に目を向けすぎているんですよ。だから周りが見えないんです」

いきなり不意打ちで父のことを言われ、どきりとした。

「周りが見えないって……そんなことないと思うけど。会社ではうまくやってる方だし、それに、たとえそうだとしても父は関係ないんじゃ……」

「いえ、仕事ができるできないとはまた別の話です。それに利章様は関係大ありです。樹様の生活はすべて利章様を中心に回っているではありませんか」

そこまで言われて——そしてそれが図星なので——言葉に詰まると、津々倉はいつになく真摯《しんし》な目で見つめてきた。

「貴方が目を向けさえすれば、味方になってくれる人は必ずいます」

「なんだよ、何ムキになってるんだ」

「利章様に認められることだけにこだわっていても、ご自分が苦しくなるだけです」

それが的を射ていることは自分が一番わかっていた。だが、だからこそ、その言葉は神経を逆なでした。

「……あいにく、僕は父に認められないと先に進めないんだ。だから他の誰かに認められてもそれで満足はできない。だから意味がない」

暗にこの話は終わりだと告げたつもりだったが、津々倉は食い下がった。

「しかし樹様、利章様とこのままの関係を続けられても……」

「うるさいな、君には関係ないだろッ」

なんとか抑え込んでいた感情が一気に弾けた。

自分は父の実子じゃない。だから何がなんでも父に認められなければならない。それは誰にも言えない、樹の根源だ。

なのにまだ何か言おうとする津々倉を黙らせようと、樹は叫んだ。

「僕にとって父は、君にとってのお祖父様と同じなんだ！　父に認められなきゃ意味がないんだっ!!」

津々倉の目がはっとしたように見開かれ、固まった。

あ……。

しまった、と思った。

目の前には津々倉の、悲しみに凍った表情があった。

「そう、ですか。……そうですね。出すぎたことを申しました」

津々倉は深々と頭を下げ、使い終わった調理器具の洗い物に取りかかった。自分にはこれ以上何かを言う資格はないとでもいうように、思い詰めた顔をして。

そんな横顔に、ずきりと胸が痛んだ。

旦那様に認められることだけがすべてと言った彼に、そんなこと言うなと言ったのは自分なのに。

「津々倉、あの……」

かけるべき言葉は思い浮かばないものの、とにかく何か言わなければと呼びかけたのだが、津々倉はすぐに笑顔を見せた。

「本当に申し訳ありません。部外者が口を出していいことではなかったですね。……カレーを待っている間にサラダ、作りましょうか」

「あ、ああ、そうだな」

早々と見せた津々倉の仲直りのサインに、樹は安易に便乗していた。

それからずっと津々倉は笑顔だったのに、さっき見た彼の思い詰めた顔が、樹の頭からどうしても離れなかった。

それからの三日間は、樹はなんとも悩ましい日々を送っていた。父に関するあの言い合いも気にはなっているのだが、それとは別になんというか……津々倉が思わせぶりなのだ。映画に誘われただけでもいっぱいいっぱいだったのに、翌日、樹が包丁で少し指を切ったら、津々倉に指をつかまれ、舐《な》められた。

ちろりと指先に舌の刺激を与えられ、樹の体はぞくんと感じた。その瞬間は甘い痺《しび》れが背筋を駆《か》け抜けたかのようだった。あまりのことに樹が悲鳴じみた声を上げると、津々倉はいたずらっぽく笑っていた。

もしかして津々倉も、自分を想ってくれている……？

そんな期待を抱いてしまうのも、仕方がないというものだ。

なのにそのあと二日間は、打って変わって何もなし。普通に料理を教わって、二人で食べたあとは特に居座ることもなく、津々倉は隣に帰っていった。夜の紅茶はあったものの、長居はしない。

それでいいはずなのに、樹は物足りなくてやきもきしてしまう。津々倉のことで頭がいっぱいになり、夜もなかなか眠れないような有様《ありさま》だ。

津々倉が自分をどう思ってくれているのか、気になって仕方がない。

映画に一緒に行こうと言われたのはデートの誘いだったのか。指を意味ありげに舐めていたのは、ただのいたずらだったのだろうか。

勘ぐり始めると、昨日と一昨日は樹の気を引くためにわざとクールに接していたようにも思えてきて、樹はますますわからなくなっていた。

その日、津々倉は明日重光が入院するのでその手伝いと、最後の引き継ぎのために朝から出かけていった。土曜日なので、樹は洗濯をして掃除機をかけ、昼前にスーパーに買い物にいく。用事をしていても頭の中は津々倉のことでいっぱいだった。

……こんなのおかしい、と思う。自分はこんなことではいけないのだ。

樹は一生、誰とも触れ合わないつもりでいた。一度もそういう行為をしなければ、同性愛者だと後ろ指を差されることもないと思っていたからだ。

なのに、津々倉といると気持ちが抑えられない。優しくされると舞い上がってしまい、自分の気持ちを言いたくてたまらない衝動に駆られる。

もし、津々倉が受け入れてくれるなら、自分は津々倉とつき合うのだろうか？

改めて自分に問いただすが、そんなことさえ判断が下せない。まず自分がどうしたいかも決まっていないのに、相手の気持ちを勘ぐって悶々《もんもん》として、何をやっているのかと思う。

その時、空本から電話がかかってきて、樹は慌てて電話に出た。

『今日、晩メシ一緒にどう？　この前の埋め合わせに俺がおごるからさ』

「あー……ごめん、今日はちょっと」

申し訳なく思いながらも断った。明日から津々倉が父のところに通うので、今夜はゆっくり過ごしたかったし、何よりこんな気分では空本といても上の空になりそうだ。

『そっか。じゃあまた今度な』

「うん」

電話を切って、それにしても空本ってつくづくマメだよなぁと思う。コネ目当てとはいえご苦労様だ。メールで済むような用件でも電話をかけてくるし、いつも樹の言うことをはいはい聞くし……。

……そうでもないな、とふと気づいた。

服を買おうとしたら「だせぇからやめろ」とかしょっちゅう言われるし、『ブルーソード』の映画を見た時も、樹は違うのが見たいと言ったのに、空本が「こっちにしようぜ」と言って『ブルーソード』になったのだ。

空本のことはわかっているつもりでいたが、コネ狙いというイメージから外れる行動は、意外と頭から抜けている気がする。

――利章様に目を向けすぎているんですよ。だから周りが見えないんです。

その言葉がふっと、重みをもってよみがえる。

あの時自分は、父に認められないと先に進めないと津々倉に反駁したが、本当にそうなのだろうか。むしろ父に認められようと躍起《やっき》になっているせいで、どこかおかしくなっている気がする。

前に進めないのは、父に認められないからじゃなくて、父と向き合えないからじゃないのか？

そう気づいて、はっとした。

樹は再び携帯端末を取り出し、父の番号を表示させる。もう何度かこの動作をしているが、何もかも失ってしまうような気がして、結局いつもボタンを押せないでいる。

だけど。

なくすだけ、じゃないのかもしれない。一歩踏み出せる、ということなのかもしれない。実子じゃないことはもう変えられない。それならあとは父に正直に話すか、父がすでに知っているなら父の意向を確かめる。それをして初めて、前に進めるんじゃないだろうか。

「……」

さすがにスーパーでかける気にはなれず、樹は端末をしまった。でもこれで家に戻っても、何かと理由をつけて先延ばしするのは目に見えている。

じゃあ、いつかけるんだ？　いつはっきりさせるんだ。

ここまできても踏ん切りをつけられない自分が歯がゆい。いっそ誰かに宣言して、見張っていてもらおうかとさえ思う。

その時、ふと思いつく。

津々倉に。

津々倉に隣にいてもらえれば、電話をかけられるんじゃないだろうか。

樹はそれからは決意を固め、家で津々倉の帰りを待っていた。だけどそんな日に限って待ち人はなかなか戻ってこない。

夜の七時を過ぎてもなんの連絡もなく、津々倉に電話をかけても、「電源が切れているか電波が届かない」というアナウンスが流れるだけだ。気になりながらも、入院準備で遅くなっているのだろうと思い、樹は簡単なおかずを作って夕食を済ませた。

しかし三時間経っても連絡は取れず、樹は焦燥《しょうそう》を抑え切れなくなってきた。何か事故に巻き込まれたのではと心配になるが、さすがにこの時間に、明日入院する重光に電話するのはためらわれた。どうすべきか迷っていたが、カレンダーを見てはっと気づく。

今日は、祖父の初めての月命日だ。

さぁっと血の気が引くのを感じた。

——私の人生はもう終わっていますから。

津々倉の言葉が脳裏《のうり》をよぎり、不吉な想像をかき立てる。

まさか、後追い自殺とか……。

それはないとは思うものの、今までの津々倉の言動を思い出すと、もうじっとしていられなくなった。

祖父の骨壺《こつつぼ》は祖父の屋敷に安置してあるから、津々倉が行くとしたら多分そこだ。樹は靴を履《は》くのももどかしく部屋を飛び出した。

その時、ちょうど車が駐車場に入ってくる音がして、樹は転がるように階段を駆け下りる。そこには待ちわびた津々倉の車があった。

「ああ、樹様」

見慣れた三つ揃いのスーツを着た男が車から降りてきた。その無事な姿を見ても樹の足は止まらず、ぶつかるように津々倉にしがみついた。津々倉の目が大きく見開かれる。

「樹様……？」

「……」

樹は口をへの字に曲げ、津々倉の腕をつかんで自分の部屋のリビングに連行した。

自分の唐突な行動に津々倉が戸惑っているのはわかったが、そんなことに構う余裕などなく、樹は津々倉を壁際に立たせ、質問を浴《あ》びせた。

「どこに行ってたんだ」

「……旦那様のお屋敷です。少し眠ってしまったので、こんな時間になりましたが」

「電話、なんでつながらなかったんだ」

すると津々倉ははっとしてポケットを探り、携帯端末を取り出した。電池切れだった。

「……充電を忘れておりました」

「今気づいたのか？　遅くなるのに、連絡しようと途中で思わなかったのか」

「……もしかして、遅くなると朝お伝えしておりませんでしたか」

「何も聞いてない」

失態に唇を嚙み、申し訳ありませんと頭を下げる津々倉を怒る気にはなれなかった。いつも隙《すき》のない津々倉がこれだけ抜けていたのは、やはり祖父のことが頭にあって本調子ではなかったからだろう。

そうは思うものの、こんななんでもないことで心配してしまった自分が悔しいのと安堵《あんど》したのとで、樹は思わず涙ぐんだ。

「樹様、どうなさっ……」

「心配したんだよ。お祖父様の月命日だから、君が、変な気起こしたんじゃないかって」

「……」

こぼれそうになる目の余分な水分を慌ててぬぐい――そのせいで、その時津々倉がどんな顔をしていたのか、樹は見逃すことになった。

「君が無事ならいいけど、心配させるなよ」

津々倉は何も答えない。きっと樹の大げさな想像に呆れているのだろう。思えば連絡がなかっただけで、こんなに取り乱すなんてどうかしていた。樹はうつむいて目をこすりながら気を取り直した。

「あのさ……」

今日は君に頼みたいことがあるんだ。

そう続けるつもりだったのに、それは叶わなかった。

「樹様」

津々倉が樹の言葉を遮《さえぎ》って、優しく呼ぶ。

目線を上げようとしたところで、津々倉の口元が視界に入る。それはすぅっと横に長く開き、笑みの形に歪《ゆが》んだ。

「――俺のこと、好きですよね」

その声には毒が含まれていた。獲物《えもの》を一瞬にして動けなくするような毒が。

弾かれたように樹が顔を上げた途端、狙っていたように顎《あご》をつかまれ、唇を塞がれた。

「……ッ」

何が起こったのかわからなかった。反射的に逃げようとすると、肩をつかまれ、体の位置を入れ替えられて、背中を壁に押しつけられた。

「津々倉……？」

ぬるりと舌の感触を唇に感じる。それと同時にシャツの合わせに指をかけられ、一気に引き下ろされる。シャツのボタンがいくつか弾けるように飛んだ。

「何しッ……」

襟首が大きく開き、そこから津々倉の片手が入ってくる。

「き、君ッ……んっ……」

口を開いた途端に舌に侵入され、しゃべれなくなる。ちゅく、くちゅ、と舌が絡《から》み合う水音が口の中にこもり、音はそれしか聞こえない。

キ……ス……？

先ほどからされていることがなんなのかを、ようやく頭が認識する。

津々倉への恋心を自覚してから、そういう行為を多少は空想していた。しかしそれは手をつないだりハグしたりする程度で、まさかいきなりキスで、しかも相手の舌が口の中に潜《もぐ》り込んでくるなどと、想像もしていない。

そんな混乱状態なのに、さらに津々倉の片手が悪さをする。

シャツに入り込んだ指先が、胸の突起《とっき》に触れてきた。

「……？」

最初は何をしているのかわからず、むずがゆい感覚しかなかったが、徐々にそこが尖《とが》ってきて、変な感じになってくる。

「ん……んぅ……？」

もどかしい感覚に、思わず体をくねらせる。下半身には淫《みだ》らな興奮が宿り始めていた。男が胸をいじられて感じるなんて、考えたこともなかった。そこで感じるのがいけないことのように思え、樹はとっさに津々倉の舌に歯を立てた。

痛みにわずかに眉を寄せ、津々倉が顔を離す。その隙に逃げようとしたが、肩は大きな手につかまれたままで離してもらえない。戸惑いの目を向けると、津々倉はクッと笑った。

「そんな顔をなさらないでください。誘ったのは貴方でしょう」

「誘っ……い、いつ僕がっ」

「外であんなふうに抱きついてきて、今さらなんですか」

さっき駐車場で津々倉にしがみついたことを思い出し、その軽率《けいそつ》さに青くなる。

「そのあとこうして部屋に連れ込まれて、他にどういう解釈があるのでしょうか」

「だっ……だって、それは……どこに行ってたか聞こうとしただけ……っ」

「では、ここの反応はどう説明するおつもりです？」

不意にズボンの上から股間を触られ、びくりと体が跳ねる。そこはすでに明確な硬さを持っていた。

かぁっと顔が真っ赤になり、足が震えた。

怖かった。

自分が押し隠していたものを、とうとう他人に知られて、こんなふうに暴かれて。

「そっ、それは、君が変なことするから……せ、生理現象だろっ」

「なるほど。そうきますか」

津々倉は薄笑いを浮かべながら、自分のネクタイに指をかけて引き抜く。その間も片手は樹の股間に当てたまま、いやらしく樹の形を探るようになぞっている。

「や、やめろってっ」

樹が両手で津々倉の手を剝《は》がそうとすると、ぱさりと津々倉の黒いネクタイが樹の手首に落ちてくる。えっと思った瞬間にそれを両手首に回され、きつく縛られてしまう。あっという間だった。

「何してッ」

「もう少し、樹様には素直になっていただきたいと思いまして」

「な、何言ってるんだよ！」

樹は混乱の極みにいた。

津々倉がこんなことをするなんて信じられない。なのに津々倉は樹の腕をつかんで半《なか》ば引きずるようにソファに連れていくと、樹に両腕をソファにつかせ、尻を突き出す格好《かっこう》をさせた。

「あ……ッ」

瞬く間にズボンと下着をずり下ろされ、膝が震えた。

人に尻を見られている。すっかり縮み上がったものも。

性体験のない樹は、小学校低学年の時に同級生とケンカをして、ズボンを脱がされて泣いたことを思い出した。

「な、なあ、何か怒ってるのか？」

「怒ってなどおりませんよ――そのままでいてくださいね」

そう言って、津々倉がソファから離れた。

逃げないと。

そう思ったが、両手はネクタイで縛られている。この有様で、ましてや下半身丸出しの格好で外には逃げられない。

じゃあどこに逃げるんだ？

そんなことを混乱した頭で迷っているうちに津々倉は戻ってきてしまった。結果的にこんな状況なのに、言いなりになって待っている形となった。ソファで尻を突き出したまま恐る恐る振り返ると、津々倉は笑みを浮かべたまま、持ってきた食用油を手に垂らした。

「そ、それ、何……あ……やぁッ」

ぬるぬるとした津々倉の手が、樹のそれを包み込み、ゆっくりとしごき始める。

これは、性行為だ。

男同士でそれをしてしまう恐怖に、樹はすくみ上がった。男としたら自分は本当に、本物の同性愛者になってしまう。

「やめろよ、冗談じゃ済まないっ」

「冗談も何も、俺はただ、先ほど抱きつかれた理由をお聞きしたいだけです」

「それは……心配してたから……っ」

「心配したら抱きつくのですか樹様は。そんなスキンシップをお持ちとは思えませんが」

津々倉にしごき上げられ、樹の意思とは関係なく、そこははしたなく勃《た》ち上がっていく。

他人にされたことなど初めてで、その自慰《じい》とは比べものにならない快感に樹は身悶《みもだ》えた。

「ひゃッ……！」

不意にとろりとした感触が双丘《そうきゅう》の間に垂らされ、あらぬところに伝っていく。その奥の窄《すぼ》まりを指でつつかれ、樹は体をわななかせた。

「や、やめろ、そんなとこ……ッ！」

しかし無情にもつぷりと指先を入れられ、樹の焦りは限界に達した。

「お、男相手に、なんで君は、そんな、慣れてっ」

「今時、女相手でもここぐらい使いますよ。同じことです」

笑いを含んだ声で言われ、急に津々倉が悪い男に変貌《へんぼう》したみたいで息を呑んだ。大学時代は女性をとっかえひっかえだったという話が脳裏をよぎる。

あ、遊ばれてる……？

津々倉がどういうつもりでこんなことをするのか、わからない。不安が渦巻くが、さらに別の混乱が押し寄せる。

「あ……あっ……う、動かさないでっ」

指を根本まで入れられ、くちくちと耳を塞ぎたくなるような淫らな音を立てながら中をかき回され、思考が散漫になる。排泄感《はいせつかん》が伴《ともな》い気持ち悪いだけのはずなのに、前も同時にしごかれているせいで萎《な》えることはない。

「や……もう、抜いて……っ」

「さっきの質問に答えてくだされば、すぐに抜いて差し上げますよ」

「……ッ」

そんなの、言えるわけない。

それを言ったら、樹が今まで積み上げてきたものが、すべて壊れてしまう気がした。高宮の跡取りとして相応《ふさわ》しい人間でなければならない。同性愛者だなどと誰にも知られてはならない。その思いが、崩される。

異物感に苛《さいな》まれながらも歯を食いしばり、必死に耐えていた樹だったが、次の瞬間、びくっと体を跳ねさせた。

「ひぁッ……！」

さっきまでは気持ち悪いだけだったのに、津々倉の指が中のある部分に触れると、電流のように快感が駆け抜けた。

「な……に……？」

すぐには信じられなかった。

そんなところに指を入れられて、自分が感じるなんて。

「ここですか」

再び同じところを刺激され、甘い痺れが体を駆け巡る。気のせいではなかったことに樹は震撼《しんかん》した。そこで感じる素質があるのだと思うと怖くなる。また一歩、本物の同性愛者に近づいた気がして。

「あ……はぁ……っ」

唾液《だえき》が口からこぼれる。こんなのは変だ、駄目だと思うのに、敏感《びんかん》な部分を探られ、快楽に押し流されそうになる。甘い痺れが体を蝕《むしば》み、まずい瞬間が迫ってくる。

「だめっ……ああッ、嫌、そこ嫌ッ」

「嫌？　いいの間違いじゃないですか？」

そこを強くつつかれ、ぞくりと背中がそそけ立った。かろうじてイくのをこらえたものの、次は我慢《がまん》できそうにない。

このまま出したら、津々倉の手を汚してしまう。

自分の体液で他人の手を汚すなど、考えられないことだった。なのにその瞬間は無慈悲《むじひ》にも刻一刻と迫っていて、樹はとうとう音を上げた。

「言うから、言うから、もうやめ……っ」

しかし津々倉は指を抜くどころか、動かすことさえやめない。

「では先におっしゃってください。拝聴《はいちょう》しておりますので」

「そんな……」

「ああ、どうぞこちらを向いて、はっきりおっしゃってくださいね」

そんな恥ずかしいことができるわけないと思ったが、津々倉の指に容赦なく責め立てられ、もう訳がわからなくなっていた。

樹は言われるままに体をねじって津々倉の方を向き、かすれた声を絞り出した。

「さっき抱きついたのは……き……君が……君がっ……好きだからッ」

前をこすられ、後ろをいじられながら告白を強要され、その恥辱《ちじょく》だけでイきそうになる。

しかしそれをぎりぎりで持ちこたえ、樹は震えるように息を吐いた。

これでやっと解放してもらえる。

そう思ったのに。

樹の目に映ったのは、津々倉の歪《いびつ》な笑みだった。

ようやく弱みを握ったとでもいうように、彼は暗い目で樹を見下ろしていた。

「よく言えましたね。もう用は済みましたので、存分にイッてください」

「え……用……？」

疑問を呈《てい》する間もなく樹は約束を反故《ほご》にされ、最後の一押しですべてを突き崩される。

「あッ、いやッ、いやぁぁぁああああぁッ！」

身も世もなく叫びながら、樹は津々倉の手に白い情欲を放っていた。

脳が焼き切れそうな羞恥《しゅうち》と快感で頭の中が明滅《めいめつ》し、限界がきていた樹の意識はそれ以上考えることを拒否するように、闇に落ちた。


翌日に樹が目覚めたのは、携帯端末が鳴ったからだった。

ベッド脇のサイドテーブルにあった端末を取って瞬時に目が冴《さ》えた。父からだ。

『話がある。これから出てこられるか』

「は、はい、大丈夫です」

時計を見ると、午後一時だったので驚く。こんなに寝過ごしたのは久しぶりで、今日が日曜でよかったと思う。父はマンションにいると告げ、会う時間を決めると電話は切れた。

大丈夫ですと言ったものの、樹は精神的には動揺しきっていた。

津々倉の姿が見えない。なんで……と焦り始めて、今日から津々倉は父の世話をしにいったのだと気づいた。

理由がわかって少し落ち着いたものの、不安は消えない。どうして朝、起こしてくれなかったのか。昨夜のことを思い出し、樹の気持ちは沈んだ。

やっぱり、遊ばれただけなのだろうか。よくわからないが愛のある行為とは思えなかった。それとも、ああいうプレイなのか……？

落ち込んでいたが、よく見ると、パジャマに着替えさせられていた。それに汗や体液で汚れていた体はきれいに清められている。少なくともそういう気遣いはしてくれたようだ。

それで気持ちを少し持ち直し、とにかく今は急ごうと、外出の準備をした。

数十分後、樹は高級マンションに父を訪ねていた。

本当の自宅は樹が以前住んでいた、邸宅と呼ぶに相応しいような一戸建ての方なのだが、会社に近いという理由で、父はこのマンションを第二の自宅にしていた。隣の部屋には独り者の重光が住んでいるので、ここの方が何かと便利なのかもしれない。父は母が死んでからは、自宅の方には寄りつかなくなっていた。

父から呼び出しがあることなど滅多《めった》になく、なんの話かと緊張しながら父の部屋の前に立つ。通常の何部屋分かをぶち抜いた特別仕様で、このフロアには父と重光の部屋しかない。中に入るとマンションとは思えないほど広々とした造りで、床には塵《ちり》一つなく、モデルルームのように立派な家具が配置されている。父はカラーシャツにスラックスというかっちりとした私服姿で、静かにリビングのソファに座っていた。

「かけなさい」

厳《おご》かな声で言われ、樹は父の向かいに座った。

現在四十八歳の父だが、外見から衰《おとろ》えを感じたことは、少なくとも樹は一度もない。年齢を重ねても、威厳《いげん》が増していくからだ。

父は彫りの深い顔立ちでいつも眉間にしわを寄せていて、上背《うわぜい》があることもあり、近くにいると畏怖さえ感じる。父の笑顔を見た記憶は数えるほどしかなく、母が死んでからは顔を合わせることも減り、家族と認識するのが恐れ多いような人だ。

樹は体を強《こわ》ばらせながらも、津々倉はどこにいるんだろうと思った。姿は見えなくても、この部屋に津々倉がいると思うだけでも心強いのだが。

「あの、津々倉は……」

「隣だ。重光の部屋に行かせた。こういう時は他人がいない方がいい」

父はじっと樹の顔を見て、おもむろに口を開いた。

「今まで黙っていたが、お前は私の子ではない。文香が不届き者にレイプされて、その時に身ごもった子だ」

ひゅっと、自分が息を呑む音が聞こえた。

直球で、それがくるとは思わなかった。

やはり父は知っていたのだというショックと、なぜ今なんだろうという混乱の中で、樹はその場に凍りつくしかなかった。視線を動かすことも息をすることもできない。

「文香が酔い潰れている時にされて、しばらく文香も気づかなかった。不妊治療の最中だったから我が子を授かったと喜んでいたら、あとで私の子ではないとわかった。だが文香が腹の子を諦められなくてな。私は堕《お》ろせと言ったのだが、文香に堕ろすぐらいなら離縁すると言われて、仕方なく私の子として育てることになった」

父はゆっくりと樹の反応をうかがい、静かに言った。

「知っていたのか？」

そう聞いてきた父に、もう嘘はつけない。樹は震える手でぎゅっと自分の膝を握った。

「レイプのことと、実子じゃないということは知っていました。……詳しい経緯は知りませんでしたが」

「いつから知っていた」

「中学生の時に、母さんに言われました」

それを聞いて、父は疲れたようにため息をついた。樹も、まさか父が、樹が生まれる前から実子でないと知っていたとは思わなかった。

「文香がお前には言わないでくれと言うから黙っていたが……そうか、お互い、無用な悩みを何年も抱えていたようだな」

母は、樹には「父は知らない」と言い、父には「樹は知らない」と嘘をつき、二人の関係を保とうとしたのだろう。

そんな簡単な嘘に何年も気づかないほど、自分と父の関係は歪んでいたのだと思い知らされた。

「だが、それならもう覚悟もできているだろう。樹、お前を跡継ぎにする気はない。血のつながりがない以上、お前を特別扱いする理由は元々ないからな」

当然のように下された審判が、胸に突き刺さった。

そう、血のつながりはない。

だからがんばってきた。血のつながりがなくても、お前こそが後継者だと言ってもらえる実力をつけようと必死にやってきた。その長年の努力が、一言で否定された。

だが樹は、父の宣告をかろうじて受け止めることができていた。父に電話で伝える覚悟はしていたのだから、それが早まっただけだ。そう無理に自分を納得させ、樹は手を震わせながらも、父の目を見て「はい」と返事をした。

「話はそれだけだ」

淡々と退席を促され、樹はソファから立ち上がった。一瞬立ちくらみでよろけそうになったが、ぐっと踏ん張ってなんとか支える。

早く帰ろうと思った。

自分の部屋で待っていれば、夜になれば津々倉が帰ってきてくれる。そうしたら、叫んで、泣ける。

樹は自分の中で吹き荒れる嵐を抑え、鉛《なまり》のように重くなった足を一歩一歩踏みしめた。

だが、いくらも歩かないうちに、その言葉はかけられた。

「お前、男が好きなんだってな」

体が一瞬にして凍りつく。振り返ることすらできない。

なんで父が、それを。

父の吐いた重々しい息が、追い打ちをかけるように樹の胸をえぐった。

「お前が跡継ぎになっても子はできないか。ならどの道、お前の下の代では後継争いが起きる。それならお前を後継にするメリットもない」

今振り返ったら、体が粉々に砕《くだ》けそうだった。樹は礼儀も何もなく、ただ必死にドアに向かった。

父は樹が同性愛者だと知ったから、この話に踏み切ったのだ。

でもどうして、なんで、父が、知って。

なんでも何もない。いるじゃないか。

樹が同性愛者だと知っていて、父と接触がある人間が、一人。

その一人の顔を思い浮かべ、樹は必死に否定した。違う、そんなこと、あるはずがない。

だけど玄関のドアから出て通路に踏み出したところに、その人物は立っていた。黒い三つ揃いのスーツを着て。

「津々倉……」

津々倉はいつものように笑いかけてはくれなかった。どちらかというと無表情に近く、最初の頃の石のように硬かった彼を彷彿《ほうふつ》とさせる。

「こちらで少し、話しましょうか。俺に聞きたいことがおありでしょうし」

津々倉はそう言って、重光の部屋のドアを開ける。樹は躊躇《ちゅうちょ》したものの、一緒にドアをくぐった。

「何か飲み物でも」

「ここでいい」

樹が玄関にとどまると、津々倉もその場で樹と向き合う。玄関は狭くはないが、改めて相対すると息が詰まった。

「津々倉、君は……」

どう聞けばいいのかわからず言葉が続かない。いや、聞きたくなかったのかもしれない。

だがそんな樹に構わず津々倉は告げた。

「ええ、そうですよ。俺が利章様に報告しました。貴方は男を好きになる類の人間だと」

「……ッ」

愕然《がくぜん》と目を向ける樹に、津々倉は悪びれることもなく続ける。

「俺が樹様の隣に引っ越したのは監視のためです。跡取りとして相応しくない事柄があれば報告するよう、利章様から指示を受けておりました」

それを聞いて、感情的には受け入れがたい内容だが、どこか腑《ふ》に落ちてもいた。思えば津々倉が樹のところに来た理由は元々不自然であり、その方がしっくりくる。でも。

「監視って、そんなことまで……っ」

「旦那様とのお約束ですから」

聞き覚えのあるその言葉に、樹は今さらのように津々倉の本質を思い出す。

「旦那様には、最後に利章様のことを頼むと言われました。それも、実子ではない貴方との関係を気遣ってのことで、その件で何かあれば利章様を支えるようにと」

そんなことを淡々と告げてくる津々倉を、樹は呆然と見ていた。

津々倉は今も、祖父のために動いている。祖父だけのために。

そう、彼は今も変わらず、祖父の執事なのだ。

その事実に、樹は震撼した。

「じゃあ……今まで、君は、僕の性癖を暴くためにいたって言うのか」

「そうなりますね」

「……そんなはずないっ」

首を激しく横に振って、津々倉の腕を引き寄せる。信じられなかった。

「大体、いつ僕がそうだって気づいたんだ？　気づかれるようなこと、何も……っ」

「貴方が同性愛者ではないかということは、あらかじめ利章様から言われておりました。

利章様は女性に興味を示さない貴方を見て、空本との関係を疑っておいででした。それは
途中でただの友人だと判明しましたが」

そこまで聞いても、まだ信じられなかった。津々倉が自分を騙《だま》していたとは思えない。

「嘘だ……そんなの嘘だっ。だって……君だって楽しそうにしてたじゃないか……っ」

腕を揺さぶられ、津々倉は苦い顔で樹を見下ろした。

「覚えていらっしゃいますか。俺が樹様に夕焼けをお見せしたことがあったでしょう」

忘れるはずなんかない。仲良くなるきっかけになった出来事だ。

「あの時、急に俺の態度が変わったとは思いませんでしたか」

ぞくっと、うなじの辺りに冷たいものが走った。

覚えている。あの時感じた、嬉しい違和感を。

いきなりプライベートな話をしてくれる津々倉に驚きつつ、一気に親近感が高まった。

「あの前に、空本がシロだと判明したので方針転換せざるを得なかったのです。それまで
は監視している後ろめたさもありましたので、貴方と親しくするつもりはなかったのです
が」

今まで曖昧《あいまい》に処理していたものが、輪郭《りんかく》をはっきりと浮かび上がらせてくる。

なぜ押しかけてきたのか。そのくせなぜ無愛想だったのか。なぜ急に打ち解けてくれたのか。そしてなぜ、同性愛者でもない津々倉が樹に気のある素振《そぶ》りを見せたのか……。

津々倉の行動の意味が、残酷《ざんこく》なまでに理路整然《りろせいぜん》と明らかになる。だけど樹はそれでも納得できなかった。聞きたいのは、そんなことじゃない。

「……君の気持ちは、どうなんだ」

意図がわからないのか、津々倉は訝《いぶか》しそうな顔をした。

「どう、というのは」

「一緒にテレビ見た時、僕の髪をなでてただろっ」

「……っ」

淡々と取り繕っていた津々倉の顔に狼狽《ろうばい》の色が滲む。少しして、硬かった表情が諦めたように緩み、普段の顔を覗《のぞ》かせた。

「樹様は酔い潰れても意識が保てるタチでしたか。これはリサーチ不足でしたね」

「ごまかすなよ。どうなんだ」

樹は食い下がりながらも少し息が楽になった。やっといつもの津々倉を引き出せた。

何を聞いたって、君の本当の気持ちを聞かないと、納得できない。

「……そうですね。貴方のことをかわいいとは思っていましたよ。道端の猫ぐらいには。

寄ってきたらなでたくなるような、そういう気持ちはありました」

「それは……僕のこと、少しは好きだったってこと……？」

恥も外聞もなくすがるように聞くと、津々倉はくっくっと笑った。

「ああ、そういうことですか。そうですね。ああいうことをした以上、俺の気持ちも伝えておくべきでした」

津々倉は目を暗く揺らめかせて、笑う。

「俺はね、樹様。貴方なんかいらないんですよ」

――それが、偽りのない本心であることは、肌で感じた。

「あ……」

樹は思わず、一歩引いていた。

目の前に静かに佇む男から感じるのは、総毛立《そうけだ》つほどの拒絶だった。

自分には、旦那様しかいらない。

その揺るぎない津々倉の信念が、見えた気がした。

「ずいぶん期待させてしまったようですね。そう仕向けたのは俺ですけど。ああ、誤解のないように申し上げますが、かわいいと思って抱いた相手は過去にいくらでもおりますので。……これで気は済まれましたか」

その声は優しくもなかったけど、不自然に冷たくもない。だからこそわかる。これが、ありのままの津々倉なのだと。

いつの間にか樹は津々倉から手を離していた。一言も言えないまま、津々倉に促されて外に出た。

「さようなら、樹様」

別れの挨拶を残し、津々倉は父の部屋に入っていく。顔を上げられない樹の耳に、ぱたんとドアが閉じる音だけが届いた。

それから、どうやって自分のマンションに戻ってきたのか、樹は覚えていない。

心が空っぽのまま電車にもタクシーにも乗らず、ただ足を動かしていた。夜になってマンションに着いた時には疲労困憊《ひろうこんぱい》で、いつものように階段を上がっていても足が上がらない。それでもやっと帰ってこられたと踏ん張ろうとして、ふと思う。

でも、ここに帰ってきて、これからどうするんだろう。

そう思った時、足をかけた段を踏み外し——次の瞬間、樹は階段から転げ落ちていた。

「……いた……」

踊り場に勢いよく体を打ちつけ、樹はうめいた。肉の痛みが全身を覆い、腕にも足にも力が入らない。助けを呼ばないと、と思うが、目の前にそびえ立つ階段を見て、なんだかもうすべてがどうでもよくなってきた。

涙が頬を伝ってこぼれ落ち、踊り場に小さな水たまりを作っていく。

好かれていると思っていた。

必要とされているとさえ思った。

こんなふうに恋をしたことなんて、なかった。好きになっても遠くから見ているだけで、相手の手に触れたことさえなかった。だから好きな人のそばにいられて、毎日毎日、樹は幸せだった。

そうだよな。こんな自分が、好かれるはずなんてなかったんだ。なのに騙されて、一人で舞い上がって……。

このまま朝まで発見されなかったら、死ぬんだろうか。それでもいいかもしれない。

踊り場のコンクリートがひんやりと冷たくて、ゆっくりと樹から体温を奪っていく。それが心地よくてふっと気が遠くなり、樹は眠るように意識を失った。


聞き慣れた、生活の音が聞こえる。

人が廊下を歩く音。ドアを開ける音。中に入ってくる音。一人暮らしの時にはなかった、誰かの気配。

だから意識が浮上した時は、いつもの朝のように思っていた。ベッドも自分のだし、いつものように津々倉が起こしにきて……。

ふっと、意識が覚醒《かくせい》した。

違う。朝じゃない。それに、いつもの朝はもうこない。

でも部屋に人がいるとしたら津々倉しか考えられない。津々倉がまだここに……っ。

「樹っ」

跳ね起きた樹の目の前には、Tシャツにジーパン姿の空本が立っていた。

「起きて大丈夫か？」

「え……あ……」

無意識に伸ばそうとしていた手を引っ込める。期待に跳ね上がっていた心臓はしぼむように収まるものの、警戒の鼓動は続いていた。

「なんで、空本がここに……」

「……近くまで来てたから、晩メシでも一緒に食おうと思って寄ったんだ。そしたら樹が階段で倒れてたから……」

思いも寄らない経緯に驚きながらも、まず感じたのは感謝ではなく、どうごまかすかという焦りだった。

「……ここまで運んでくれたんだ。ごめん、大変だっただろ」

「いやそれはいいんだ。それより頭は打ってないか？　打ってるなら病院に行った方が」

「頭は大丈夫だよ。痛くないし。他のところはまだ少し痛むけど、大したことない」

「そっか。それならいいんだけど。……なあ樹、何かあったのか？」

聞かれて、びくりと体が震えた。

「何って、だから、階段から落ちたんだろ」

無理して作った笑顔が引きつっている自覚はあった。

しかし、空本に何を言える。

自分は同性愛者で、好きだった男に手ひどい仕打ちを受けたとでも言うのか。それとも、自分は父の子じゃないから勘当《かんどう》されたと言うのか。そんなことをコネ狙いの空本に言ったら、心配されるどころか即刻縁を切られそうだなと樹は凍えた心の中で思った。

「本当にそれだけなのか？　何かあったなら話してくれよ」

「何もないって。足をすべらせただけだよ」

青い顔で目を合わせもせずに言って、我ながら説得力がなさすぎると思った。何か理由をでっち上げた方が不自然じゃないかもしれない。そう思って必死に頭を働かせていると、空本は「そっか」と言った。

顔を上げると、空本はふいと背中を向けた。

「なんか食うか？　つっても、樹の冷蔵庫の中にあるもんだけど」

「あ……じゃあ、りんご、あるから」

　オッケー、と言って空本は部屋から出ていった。

　さっき一瞬、空本が傷ついた顔をしたように見えた。

　見間違いかもしれない。けど空本に対して自分が後ろめたい気持ちを持っているからこそ、そう見えたのだろう。起き上がってよく見ると、すりむいた腕や足には簡単に手当がされてあった。

　以前感じた疑問が再び湧き起こる。空本は本当にコネ目当てなのだろうか。

　――それはないと思いますが。

　寒い夜に置き去りにされたビンのように、樹の胸は冷え切っている。その空洞の胸に言葉が落ちてきて、チリン……と音を立てた。

　樹は突き動かされるようにベッドから這《は》い出した。体はところどころ痛かったけど、足を引きずりながら、台所でりんごを剝いている空本のところに行く。

「樹？」

　振り返られて、一瞬ためらった。それでも、思い切って口にした。

「父に、勘当されたんだ。僕は、父とは血がつながってないから」

　空本の垂れ目が、ゆっくりと見開かれる。

「覚悟はしてたんだ。会社は辞めるよ。父の援助も受けられないから、ここも引っ越さないとな。家賃払えないし。仕事も探さないといけないし」

唖然《あぜん》としている空本を見て、自分は何を言っているのだろうと思った。

「ああ……こんなこと突然言われても困るよな。あの、ごめん、ずっと騙してたみたいになって。僕は高宮の御曹司でもなんでもなくって、ただの」

いきなり、空本に抱き締められた。

しかしそれに驚く間もなく、空本が果物ナイフを持ったままだったので、刃が樹の頬に当たりそうになった。

「うわ、ちょっ、ナイフっ」

「え？　わ、すまんっ」

空本が慌てて抱擁《ほうよう》を解き、ナイフを置く。それでもう一度抱き締めようかどうしようかと迷っている空本を見て、樹は緊張の糸が切れ、思わず噴き出してしまった。

「わ、笑うなよっ。今、シリアスなところだろ？」

「……まぬけ」

「ああもうっ、おとなしく抱かれとけよ！」

空本はプロレス技でもかけるように、樹を締めつけるようにホールドした。

今のでわかってしまった。

ナイフを持っているのも忘れて抱き締めようとする人間が、コネ目当てなはずがない。

自分の目が曇っていた。

思えば、空本といる時はいつも明るい気分になれた。それは空本が持ち上げてくれるからだと思い込んでいたが、そうじゃない。空本の笑顔が心からのものだったからだ。そんなことにも気づかないほど自分が人を見ていなかったことに、樹は初めて気づかされた。

空本は少し力を緩めて、でも樹を抱き締めたままぽつりと言った。

「なんか、よかった。いやよくねぇんだけど、樹がずっと何か抱えてるの、わかってたから。でも樹はプライド高い……つうか、人に踏み入らせないっつうか、そういうのがあって、俺からは聞きづらくてさ」

思いも寄らない言葉に目を瞠る。視線を上げると、空本はにっと笑った。

「まあなんだ、失業したら俺んとこ来いよ」

「そこまで落ちぶれてないよ」

「なにをぉ」

空本の優しさがじんわりと身に染みた。よかった、空本にちゃんと言えて。津々倉のおかげだ。

そう思った瞬間、樹の中で黒い感情が吹きすさんだ。

……何それ。

まだ津々倉のおかげとか思ってるんだ。馬鹿じゃないの。

騙されてたのに、何、感謝してんだよ。

「ま、とりあえずメシでも食いながら話そうぜ。ピザの宅配でも頼むか……って、樹？」

抑えようとしたけど止められなかった。涙があふれ、頬を伝う。

あんな忠告、津々倉の気まぐれに決まってる。それか、自分を夢中にさせる手管《てくだ》の一つだっただけだ。

だけど思う。津々倉は自分のことをよくわかっていたんだなと。それが監視の結果というのが悲しくて悔しくて、胸をかきむしりたくなるほど許せなくて……っ。

空本が無言で樹の頭を自分の体に押しつける。まるで顔は見ないから思い切り泣けとでも言うように。そんなことをされてたまらなくなり、樹は堰《せき》を切ったように泣き出した。


父に勘当されてから、一週間が経った。

樹はすでに退職届を出していた。樹が所属している会社では基本的に退職は届け出をしてから三十日後だが、樹は有給消化があるため、あと数日で退職になる。樹はせめて会社の人に迷惑はかけないようにと、仕事の引き継ぎに精を出す日々だった。

「よっ」

夕食を作っていると、今日も空本がやってきた。空本は樹が階段から落ちてからは、一日置きぐらいで会社帰りに寄ってくれていた。今日は日曜なので会社帰りではないが。

「病人じゃないんだから大丈夫だよ。安否確認ならメールでいいのに」

「俺はメールが嫌いなんだよ」

「じゃあ電話でいいじゃないか」

「……いいんだよ、帰り道なんだし」

「今日、仕事じゃないじゃん」

「だから、いいんだっつの。細けぇこと言うな」

空本は部屋に目をやり、リビングの隅に寄せてあるソファに気づき、「あれ？」と言う。

「あのソファ、なんで移動してんの？」

「ああ……あれね。もう使わないから。引っ越しの時には捨てようと思ってるんだ」

「ふーん」

空本は特に疑問を持たなかったのか、樹の手元を覗き込む。

「しっかしすごいよな、樹が自炊してるよ。しかも結構本格的じゃん」

「よかったら、食べていってよ。今日は空本の分も作ったから」

多分来ると思って、量を多めに作っておいたのだ。空本は目を輝かせた。

「マジ？」

「うん。味は保証しないけど」

「平気平気。毒さえ入ってなきゃ」

「そんなこと言ってると何か入れるぞ」

冗談だってと笑う空本を睨みながらも、樹もつられて頬が緩む。

空本の笑顔にずいぶん救われていた。

それから、二人でテーブルに着いて夕食にした。空本がおいしいと言って食べてくれるのを見て心が和んだ。空本がいてくれる間は、塞いでいた気持ちが楽になる。

「なあ樹、俺ちょっと驚いてるわ。いい意味でだけど」

「何が？」

「メシだよメシ。樹が人にメシ作るなんてなんかすげぇ」

「いや、それは習ったから……」

「それにさ、正直、樹がいつも部屋に上げてくれるとは思ってなかったし。ほら、大学の時から樹はさ、俺も含めて、誰も家に上げたことなかっただろ？」

それを聞いて、言葉に詰まる。

言われてみれば、そうだ。

樹は他人に部屋を見られるのが嫌だったし、少し前までの感覚で言うと、たとえ料理が作れたとしても、それを友達に食べさせようなんて、きっと思いつきもしなかった。

胸がぎゅっと、押し潰されそうになる。

……津々倉の影響だ。

津々倉が強引に、樹のテリトリーに入ってきたから。他人との距離はこれだけと樹は決めていたのに、それを打ち破られたから。

「ま、この調子でオープンに頼むわ。俺はこっちの方が嬉しいし、メシも食えるし」

空本が喜んでくれるのはいいが、それが津々倉による変化だとは認めたくない気持ちでいっぱいだった。津々倉と過ごした日々は偽りだったのだから、それがいい方向に働くはずなんてないのに。

空本が帰ったあと、樹は寝室に戻った。

何も手につかない。したいこともない。

毎日のようにしていた資格取得の勉強も、会社を辞めるとなれば不要になった。

何気なく机の下に目をやる。使い込んだ参考書は、ゴミ箱に放り込まれていた。

父の信頼を失った。

あれほど恐れていたことが現実になったのに、樹の気持ちは静かだった。

ほっと、していた。

今まで築いてきたものが全部なくなったのに、泣き叫びたい気持ちはなく、そんな感情はたった一週間で驚くほど過去のものになっていた。

自分は高宮の御曹司ではない。なんの関係もない庶民の子だ。その、そもそもの原点に立ち返り、これでよかったのだとさえ思えていた。父の信頼を得たいも何も、そんな望みを持つこと自体がお門違いだったのだ。

振り向いてほしい。自分を見てほしい。

そう追い求めてきた人は自分の父親ではない。あの人は自分とは無縁の人だったのだと、その客観的な事実を淡々と受け入れていた。

ほっとして、肩の荷が下りて。

そして今の樹には、何もなかった。

父が堕ろせと言って、母が堕ろすなら離婚すると言って、しぶしぶ育てられた人間。なんで自分は生まれてきたんだろうと、そんな益体《やくたい》もないことを考えさえする。

自分は何を必死になって日々を過ごしていたのか、その執着さえ、今は遠い。

喉に渇きを覚えて立ち上がり、台所に行く。ミネラルウォーターを無造作に飲んでいて、リビングの隅に押しやったソファがふと目に入った。それを見ると、あの時津々倉にされたことを思い出すから移動させていたのだが、結局完全には視界から閉め出せず、一度見てしまうともう駄目だった。樹は食用油を取ると、吸い寄せられるようにそこに座った。

火照《ほて》った体が、欲望を求める。

樹は油を手に塗りつけ、それで自身をしごいた。

津々倉は、樹を裏切ってから、隣には帰ってきていない。彼は住み込みの執事だったので、今も祖父の屋敷に生活の基盤があるままなのかもしれない。いや、思えば今も祖父の遺骨は屋敷にあるのだから、彼がそこから離れるはずはなかったのだ。

やり始めると止まらなかった。津々倉の手の動きを思い浮かべ、たどるようにそれを真似た。

何やってんだという理性を押し潰し、欲望のままに快楽を求めた。津々倉に前と後ろを責め立てられた時のことを思い、ぶるりと震える。都合がいいことに、想像の中の津々倉はひた向きに樹を見てくれた。

──味方になってくれる人は必ずいます。

津々倉の真摯なまなざしが鮮明によみがえる。

──利章様に認められることだけにこだわっていても、ご自分が苦しくなるだけです。

ぎり、と奥歯を噛み締めた。

なぜ君がそんなことを言う？　君は、お祖父様以外はどうでもよかったんだろう？

自身をしごく手がだんだん激しさを増していく。津々倉を思い、息が苦しくなっていく。

それも演技だったのか？　それとも、他意のない忠告だったのか？

──樹様といると楽しいので。

津々倉が目を細めて笑う。なのにそれが急に、暗い笑みに変わっていく。

──かわいいとは思っていましたよ。道端の猫ぐらいには。

「……あ……う……っ」

拙い欲望を手にこぼすと、激しい自己嫌悪が襲ってくる。死にそうなぐらい惨めになる。

──俺はね、樹様。貴方なんかいらないんですよ。

津々倉の言葉を思い出し、何度も傷つく自分が疎ましかった。こんな感情は心の奥底に封印してしまいたいのに、ずるずると際限なく津々倉のことを考えてしまう。

津々倉の顔が脳裏に浮かぶ。夕暮れの丘で見たあの笑顔も、日々目にしていた穏やかな表情も。そんな津々倉と毎日夕食を作って、一緒に食べて、夜には紅茶を淹れてくれて。朝は立派な朝食が出てきて、最初は苦痛だったけどそのうち慣れて、カリカリに焼いたベーコンがおいしくて。

好きだった。

津々倉が大好きだった。

あの生活が嘘だったということが樹を苦しめる。いまだに信じられず、過ごした日々を何度も思い返し反芻《はんすう》し、沈み込んで浸《ひた》って泣いて、そんな自分に打ちのめされた。

なんだこれは、と笑えてくる。

自分にとって一番最悪な事態は父の信頼を失うことだった。それは生涯変わらないと思っていた。

なのに父のことより、君がいなくなったことこそが、こんなにもこたえてたまらない。

樹は残滓で汚れた手を握り締め、ソファに叩きつけた。

津々倉は、一番大事なものを奪ったんじゃない。樹にとって一番大事なものを、変えたのだ。

なんなんだ君は。どういうつもりだ。人をこんなふうに変えて、いなくなるなんて。

なじってののしって、未練がましい自分を否定して否定して、それでもこの思いは消えない。津々倉のことなんか存在自体も忘れ去りたいのに。

憎しみさえ込めて思う。

君と過ごした時間は、なぜ、色褪《いろあ》せない？

それからさらに一週間後の日曜日、樹は礼服を着てセレモニーホールに向かっていた。

祖父の四十九日の法事があるからだ。

受付が始まってすぐの時間に会場に着き、父と話をするために父を捜していると、親戚を案内していた津々倉と偶然目が合った。心の準備ができていなくて樹はびくっとしたが、津々倉はごく自然に樹から目をそらし、親戚と話しながら樹のそばを通り過ぎた。

ショックを受けた。

まさか無視されるとは思わなかった。

津々倉は監視のためにそばにいた。だから樹の性癖を暴いた今、樹に関心を払う理由もなくなっていたのだ。

樹はぐっと奥歯を噛み締め、足早にその場を離れた。重くのしかかって消化できないものを無理やり腹の底に沈め、父と話したら法事には参加せずに帰ろうと衝動的に決めた。

孫だから来たものの、父に勘当されたも同然の状態で身内の法事に顔を出すのは気が引けていたし、津々倉がいる場所に長居してうじうじと傷つくような事態は到底《とうてい》耐えられなかった。

追い立てられるような気持ちでしばらく歩き回ったあと、樹はホールの最前列に座っている父を見つけた。

いつもは大抵重光がそばにいるので、父が一人でいるのは珍しい。近づくと、父は隣の席に祖父の骨壺を置いていた。祖父と二人で肩を並べて座っているように見え、不思議な感じがする。父は祖父とは対立することが多かったので、祖父が嫌いなのかと思っていた。

ふっと、母を亡くした頃の父を思い出す。

父は亭主関白《ていしゅかんぱく》な人で、子供の樹から見ると、母を愛しているのかどうかよくわからなかったのだが、母を亡くした途端に覇気《はき》がなくなり、それがかなりの期間続いていた。今の父もどことなく肩を落としているように見え、その時の父に重なる。

父さん、大丈夫なんだろうか。

そんなことを思いかけ……すぐに打ち消した。

自分はもう、本当の息子のように心配する立場にない。そんなことをしても煙たがられるだけに違いなかった。

「……ああ、お前か」

樹が父の前まで行くと、父は顎をしゃくって隣に座れと言外《げんがい》に示す。しかし樹は座らず、立ったまま姿勢を正して父に報告した。

「一昨日の金曜に、会社を辞めました」

「そうらしいな」

父の返事は素っ気ない。だが知っていて止めなかったということは、父も樹が退職することを望んでいたのだろう。樹は覚悟を決め、最後のつながりであるクレジットカードを父に手渡した。

「……なんだこれは」

「以前、父さんからいただいたクレジットカードです」

「ああ……？　それがなんだ」

「お返しします。これからは父さんに頼らず、自分の力で生活していこうと思います」

父は顔をしかめた。なぜそんな帰結《きけつ》になるんだと言いたげだ。

「これはお前にやったものだ。お前が管理しなさい。それに会社を辞めるならいろいろと入り用だろう」

「いいえ、その必要はありません。僕はもう大人ですし、一人で生きていけます」

今までお世話になりましたと頭を下げ、樹は踵を返した。

「おい、私は何も……」

背後から声が追ってきたが、その時ちょうど他の役員が父に話しかけ、父はそちらに気を取られる。その隙に父から離れた。

わかっている。父にとって樹が使う金など微々たるもので、どうでもいいのだろう。だけどこれはけじめだ。

父は樹に対して関心がないわけではない。樹が父に一人暮らしをしたいと言ったら、重光がすぐに今のマンションを見繕ってきたが、それはつまり父が重光に話したからだ。重光が何かと樹の現状を把握しているのも、それが父の意向だからだ。

嫌われている、というのとは違うかもしれない。だからこそ樹もがんばれば認められるという期待を捨て切れずにきた。けれど父の樹に対する気持ちは監視をつけるまでに歪んでしまった。しかも樹の性癖を暴くために、津々倉に樹と肉体関係を持つよう指示を……。

そこまで考えて、はたと気づく。

父がそこまでするだろうか。

津々倉に性の相手をしろなんて下劣な命令をするとは思えないし、そもそも父は樹が津々倉と性的な接触を持ったことも知らないのでは、という気がしてくる。

父の様子を思い出す。

父もきっと、何年も悩んでいたのだ。でもどうしても樹を跡継ぎにしたくなくて、その踏ん切りをつけるために樹のあら探しを津々倉に命じたのだろう。性癖を暴くと言っても、樹が男である津々倉を好きになったという程度で充分だったはずだ。

津々倉にされた経緯をもう一度思い返す。あの時、津々倉は執拗《しつよう》に樹に好きだと言わせようとしていた。それが父に報告する上で必要だったからではないかと思えてくる。きっとなかなか好きだと言わない樹に焦《じ》れて、独断であういう行為に及んだのだろう。

そこまで焦らなくてよかったのに、と樹は自嘲気味《じちょうぎみ》に思う。そんな強硬手段に出なくても、あのあと数日も経てば、樹は自分から津々倉に好きだと言っていただろう。

こんなことなら、もっと早く好きだと言えばよかった。そうすればあんなふうに体をいじられることもなく……こんな残り火のような惨めな情欲がくすぶり続けることもなかったのに。

その時、ふと津々倉の姿が視界に入った。

樹は慌てて顔を伏せたが、気になって、距離を取ってから恐る恐る目で追った。

津々倉は相変わらず訪れた親戚たちを案内していたが、人がいなくなった瞬間、ふっとうつろな顔をした。

葬式の日、雨に濡れながら佇んでいた津々倉の姿が鮮烈《せんれつ》によみがえる。まるであの時から傷は少しも癒《い》えていないように、津々倉の表情は葬式の時と同じだった。

——私の人生はもう終わっていますから。

その言葉まで嘘だったのだろうかと、不意に疑問に思う。樹に言った言葉の大半は嘘だったかもしれないが、そんなつぶやきまで嘘である必要性はない。

今も津々倉は祖父の死に囚われて、あの報われない苦しみの中にいるんじゃないか。

樹はふらふらと津々倉の方に行きそうになり、はっと足を止めた。

裏切られて、無視までされて、それでもまだ未練がましく津々倉を気にする自分に気づき、苦い思いが込み上げる。

どれが嘘とか本当とか、関係ない気がした。津々倉は樹を監視するために来た。本質的に騙されていたのに、途中で本心を垣間《かいま》見ていたとして、だからなんだと言うのだろう。それが本当だとしても津々倉が自分を頼るはずがない。……自分なんかを、津々倉が必要としているはずがないのだ。

ぐっと手を握り締め、寂しさと後ろ髪を引かれる思いを振り切って、樹は会場をあとにした。

法事から帰宅したあと、夕方になって空本がやってきた。樹が退職したため、樹の新しい門出《かどで》を祝って夕食を食べにいこうという誘いだった。樹はありがたく応じ、空本と一緒に階段を下りた。

その時、二週間前に階段から落ちた場所に差しかかり、樹は何気なく話を振った。

「ここだったよな。僕が倒れてたの」

「あ？　ああ。そう、だな」

「大変だっただろ。ここから僕の部屋まで運ぶの。どうやって運んだんだ？」

「どうやってって、普通に、背負ったっつーか……」

「そっか。動かない人間をベッドに寝かせるのだって一苦労だっただろ」

「ああ、まあ……な」

空本はいつになくしどろもどろになり、視線を落ち着きなくさまよわせる。変なのと思いつつ、ふと些細《ささい》な疑問を思い出した。

「そういえば、あの時手当もしてくれてたけど、よく救急箱の場所がわかったよな？」

「……っ」

「押入れの奥の、かなりわかりにくいところにあっただろ？　なのに他の物が散らかってなかったから、よく探し出せたなって……」

「違うんだ」

話の流れに合わない、深刻な声。

何が？　と目で聞き返すと、空本は苦渋《くじゅう》の表情を浮かべた。

「樹を運んだのも手当したのも俺じゃない。あの執事なんだ」

え……？

目を瞠ると、空本はがりがりと頭をかきむしった。

「あの日、樹に電話したんだ。一緒にメシ食おうと思って。そしたら執事が出て、すごい動揺してて、すぐ来てくれって言うんだ。それで行ったら樹が寝込んでて、階段から落ちたって。助けたのが自分じゃまずいから、俺が助けたことにしてくれって」

あまりのことに言葉が出てこない。

津々倉が、そんなことを……？

「……先週もあの執事、来てたよ。マンションの外から樹の部屋を見てた」

その光景を頭に思い浮かべ、樹の鼓動は速くなった。単に監視の延長かもしれないが、それだけではない気がした。

津々倉に会いたい。

会って、もう一度話がしたい。

その想いが急激に込み上げてきて、樹はじっとしていられなくなった。

「ごめん空本。食事には行けない。ほんとにごめん」

「どこか行くのか？」

「……うん。その執事のとこ。心配なんだ」

すぐに階段を下りようとして、突然腕をつかまれた。

空本が、少し怖いぐらいの顔で樹を見ていた。

「あの執事が言ったんだ。自分は樹を裏切ったから、そばにいるのは自分じゃ駄目なんだって」

「……っ」

「樹が話してくれるの待ってたけど、やっぱり気になる。裏切ったってなんだよ」

どう説明していいか迷っていると、空本は切羽詰《せっぱつ》まったように続けた。

「ほんとにあの執事のところに行って大丈夫なのか？　また裏切られるんじゃ……」

「それでもいいんだっ」

思わず口から出てきた言葉で、樹は自分の気持ちに気づいた。

たとえ津々倉に騙されていたのでも、もうよかったのだ。

津々倉が嘘だと言っても、樹が感じた優しさは変わらない。津々倉と過ごした日々は、樹にとっては全部、本物だった。

そう思うと心の霧が晴れるように、すうっと迷いが消えていった。

「樹っ」

空本の声に切迫したものが混じる。本気で樹を心配してくれているのがわかり、頭が下がる思いがした。

もういい、と思った。空本には、自分の秘密をすべて明かそう。

樹は空本に向き直り、笑って言えた。

「僕は、あの執事のことが好きなんだ」

「……は……」

「裏切ったっていうのは、僕が振られたって話だよ。それだけだから」

空本の目が見開かれ、信じられないというように樹を見つめる。

「樹……お前……」

樹をつかんでいた手が自然と離れていく。それを少し寂しい気持ちで樹は見ていた。

「黙ってて、ごめん」

「いや、違うんだ。ただ驚いて……」

空本の反応は当然だった。友達が同性愛者だと知ったら戸惑うだろうし、もしかしたらこのまま疎遠《そえん》になるのかもしれない。だけど。

どういう結果になっても、今、空本を信じたことに後悔はなかった。

「また連絡するよ。……ありがとう、空本」

呆然と立ち尽くす空本を背に、樹は走り出した。

◇　◇

「……利章様の樹様に対する態度はどうかと思います」

一年前、津々倉は主人の章治郎とそんな話をしていた。

入社したばかりの樹が会社でがんばっているのに、利章が何も言葉をかけないので落ち込んでいる。そんな話を重光から聞いていた頃だった。

ソファに深々と腰掛けた章治郎は、そんな津々倉の言葉を静かに聞いていた。

御年七十七になる。

大きな病気はしていなかったが、それでも体の衰えはそばにいるとわかる。津々倉は気遣いながらも、あえてそれを考えないようにしていた。

「そう言ってくれるな。あれも、苦しんでおるんだろうさ」

息子の利章のことになると、途端に章治郎の言葉の切れは鈍くなる。

四十代後半のいい大人がいまだにまともな父親になれていないことに対して、津々倉は一片の同情も感じないが、章治郎は父親とはかくあるべきという見方ではなく、最終的にはいつも利章の心情を慮《おもんぱか》る。愛しているのだ、とこんな些細なやり取りでも感じられ、津々倉はわずかに眉根を寄せた。

　章治郎が一番愛情を注いでいるのは利章だ。だから子供じみているとわかってはいるが、津々倉はずっと利章が嫌いだった。

　これで利章に少しでも尊敬できるところがあればまだよかったのだが、それもいまだに見当たらない。利章とはまったく相性が合わないのだ。

「相変わらず、旦那様は利章様にお甘い」

「親じゃからな」

　章治郎はかっかと笑った。

　そして——ふと思いついたように言った。

「なぁ行尋、もし利章が樹のことで困ったことになったら、重光はどうするじゃろうか」

「樹様の味方をすると思います。あの人はそういう人です」

　重光は利章の秘書なので基本的には利章の命令が最優先だが、人間的に間違ったことはしない。じゃろうな、と章治郎も頷いた。

「では、そんな時がきたら、お前だけは利章の味方になってやってくれんか」

「……俺がですか？」

「他人の子供を育てるのは重い。ましてや一夜とはいえ妻をかすめ取った男の子供だ。わしらには想像もできんような思いもあるだろう」

章治郎は利章の弱さをありのままに受け止める。そういうところを見て、いつも不貞腐《ふてくさ》れる津々倉だったが、その時は――旦那様も人の親なのだから仕方ないのだと思えた。だから。

普段なら、「それだけは承知しかねます」と答える内容だったのに、津々倉はあえて否定はしなかった。それが章治郎との最後の会話になるとは思いも寄らずに。

それから、津々倉が少し席を外している間に章治郎は倒れ――二度と意識が戻ることはなかった。


「親父を看取《みと》ってくれたことは感謝している。親父も満足な最期《さいご》だっただろう」

一年後、葬式のあと。

津々倉は利章のもとに出向いていた。

ソファにけだるげにもたれかかり、不遜《ふそん》な物言いをする男。この人はきっと、他人の気持ちに配慮するという発想もないのだろう。

章治郎に愛されていながら親孝行らしいことをしたこともなく、どうせ意識がないのだからと、死に目にも会いにこなかった。

だがそんな男を前にしても、津々倉の中にはもう、以前のような対抗心も憤りも湧いてこない。

何もかもが磨耗《まもう》していた。

あと一度だけでいい。旦那様ともう一度話がしたい。いや、お声を聞けなくても笑ってくれるだけでいい。自分を見て認識してくれるだけでもいい。

そう願って来る日も来る日も反応が返ってこない章治郎の看病を続け、そして——その願いは叶わなかった。

この一年が、あまりにも長すぎた。

あんなに嫌いだった利章のことさえ、もうどうでもよくなってしまうほどに。

「お前、目が死んだな」

「は」

声をかけられてそちらを向くと、利章は苦々しく顔をしかめていた。

「とにかく、世話係は間に合っている。これ以上、口うるさいのが増えたらたまらん」

だろうなと思う。重光がいるなら自分の出る幕はないだろう。

そうわかっていても、あえて津々倉がこの男にお仕えしたいと申し出たのは、それが章治郎の意向にまだ近いと推測されるからだ。

利章を支え、高宮グループを繁栄させる。

遺言がない中、章治郎のためにできることといえば、そんな漠然としたものしか思いつかなかった。それも津々倉に使命感を湧き立たせるには遠く至らない。

本当は、なぜ自分がまだ生きているのかが不思議だった。

これほど旦那様に執着している自分だ。旦那様が逝けば自分も死ぬのではないかと思っていた。突然病気が見つかるなり、車に轢《ひ》かれるなり、雷に打たれるなり、とにかく不可避な何かが起こって自分の世界が終わることを、津々倉はどこかで期待していた。

だが、世界は終わらなかった。

旦那様がいなくなっても、昨日と同じように今日が始まる。そして自分も変わらず生きている。

旦那様がいなくなったのに、自分の世界は続いていく。

なんのために、だ？

その言いようのない据わりの悪さを、呼吸をするたびに感じる。意味がない。生きていても意味がないのに、なぜ自分はまだ。

「まあ……してほしいことがないわけでもない」

津々倉は顔を上げた。それは意外な言葉だった。

「お前、どうせ親父のために動いているんだろう？　それならある意味、誰よりも信用はできる」

なんなりと、と促すと、利章はぼそりと言った。

「樹のことだ」

それを聞き——最後の会話と結びつけるなという方が無理だった。

なぜあの言葉が最後だったのかと、もう何百回も何千回も考えた。

他人からすれば偶然で済ませられることだろう。だがあの言葉は偶然で済ませるには、あまりにも、指示が明確すぎた。

「樹のことで探ってほしいことがある。重光には気取られるな」

——このために生きていたのだ、と思った。

樹のことで何かあれば、重光は樹の肩を持つ。だからその時は利章の味方をせよ。

この瞬間に、章治郎の最後の言葉は揺るぎない命令となって、津々倉に下された。

利章が嫌いだった。自分の息子に監視をつけるのだっておかしいと思った。こんなことをしてもなんの解決にもならないとわかっていた。章治郎の言葉にしても、そんな意味で言ったわけではない可能性だって充分にあった。それでも。

——それでもこれは、旦那様の遺志だ。

そう、津々倉は判断していた。

ぼろぼろにすり切れた、心で。

◇　◇

しとしとと、雨が降り注ぐ。

樹は空本と別れたあと、父のマンションの近くの公園で雨宿りをしながら、津々倉が帰るのを待っていた。昼間は暑いぐらいだったが、九月末ともなると夜は思いの外冷えた。

樹は父の部屋を見上げ、明かりがついていないことを確認して小さく息を吐く。公園の冷たいベンチに座ってから、もう二時間以上も経っていた。

津々倉に電話をすることも考えた。だけどそれだと電話で話が終わってしまう気がしてかけずに待っていたのだが、結局寒さに負ける形になってしまった。雨が降るとは思っていなかったので、長袖のシャツとスラックスという軽装で上に羽織るものもなく、体が冷え切ってしまい、待つのは限界がきていた。

樹は意気消沈しながらベンチから立ち上がった。傘も持っていないので、雨に濡れながら公園を出る。小走りになる元気もなく、うつむきながら駅に向かって歩いていると、パシャアッ、とそばを通った車に水たまりの泥水を跳ね上げられた。

「うわ、びしょ濡れ……」

スラックスの膝から下が水浸しになり、樹はすっかり惨めな気持ちになった。

その時、再び車が向かってきた。今度は水をかけられないようにと道の端っこに寄るが、車はなぜか速度を落とし、樹の横で停まる。窓が開いたので道を聞かれるのかと思ったら、顔を出したのは津々倉だった。

「――何をしているんです」

津々倉だったのも驚いたが、その刃物のように剣呑《けんのん》な視線に心臓が止まりそうになった。

「いや、あの……っ」

「とにかく、お乗りください」

髪をかき上げて苦々しく言われ、樹は傷ついた。津々倉と話をすれば何か変えられるのではないかという期待は、一瞬で吹き飛ぶ。

「い、いい。自分で帰る」

「傘も差さずにですか」

「タクシー拾えばいいし」

「そんなナリの貴方を放っておけるはずがないでしょう。さあ」

「でも、座席が濡れる……」

津々倉は苛立ったようにサイドブレーキをかけると車を降り、後部座席のドアを開けた。

「どうぞ、お乗りください」

「……」

雨は津々倉の法事帰りの黒い礼服にも降り注いでいる。もたもたしていると津々倉まで濡れてしまう状況になり、樹は犬に追い立てられる羊のように車に入った。

「これで頭を拭いてください」

津々倉にタオルを渡され、樹はおとなしくそれを頭にかぶせる。津々倉が続いてハンカチを取り出したので自分自身を拭くのだと思っていたら突然しゃがみ、樹の濡れたスラックスを拭き始めた。

「い、いいよ、自分で……っ」

津々倉は車外にいるので背中が雨に濡れていく。しかし津々倉は構わず、丹念にスラックスを拭いてから運転席に入った。

「家までお送りします」

津々倉に余計な手間をかけさせてしまい、樹は落ち込みながら頷いた。車はUターンして樹のマンションに向かう。

雨がフロントガラスを叩く音と、ワイパーの音。車内を満たす音はそれだけ。気まずい沈黙が落ち、樹は何か話さないと、と焦った。

「と、父さんは一緒じゃなかったのか？」

「利章様は出張で、今夜の便で出発なさいました」

「君は同行しないのか」

「こちらに残るように言われましたので」

極めて事務的な言葉が返ってくるだけで、温かみは一切ない。とても和やかに話ができる雰囲気ではなかった。それに法事の時には弱々しそうに見えた津々倉だが、今はしっかりしていて、樹が心配する必要などどこにもなさそうだ。勝手に悪い方に想像して、気をもんでいた自分が急に恥ずかしくなった。

「利章様にご用でしたか」

「……」

樹は答えられず、無言のまま車は走る。

その間も樹は必死に話題を考えてはいた。階段から落ちた時に助けてくれたお礼とか、津々倉と一緒に過ごして自分は楽しかったとか、忠告には感謝しているとか。しかしどれもこの場にそぐわない、場を白けさせるつまらない話のように思えた。

バックミラー越しに見える津々倉は不機嫌そうに前を向いていて、それを見ていると、何も言えなくなる。結局、会話のないまま樹のマンションに着いてしまった。

「それじゃ……」

無力感に打ちひしがれながらドアを開けようとすると、唐突に運転席から声がした。

「俺を待っていらしたのですか、あそこで」

言い当てられ、息を呑んだ。その反応を見て、津々倉は目つきをいっそう険しくする。

違っていた。

津々倉の顔に浮かんでいたのは憤りの感情だった。怒らせた、と樹は思ったが、本当は

「……」

「き……君が、会場で、葬式の時みたいな顔してたから……」

「なぜです」

——なんで貴方は、そうなんだ。

津々倉は無言で車のエンジンを切った。そしてバタンと乱暴にドアを閉めてつかつかと歩いてくると、後部座席を開けて樹の手首をひっつかんだ。

「え……あっ……」

引きずられるように車から連れ出され、マンションの階段を上がる。握られている手首がじんじんするほど、熱い。

津々倉は合い鍵で樹の部屋を開けるとリビングに向かい、そこでやっと樹の手を離した。状況が同じなので、祖父の月命日のことを思い出す。その時とは立場が逆だけど。

「津々倉、あの……」

声をかけるが津々倉は応えず、物置部屋に入ってドライバーを持ち出してくると、リビ

ングの壁面コンセントのカバーを外し、中から何かを取り出して樹の足下に放り投げた。

ワニ口のクリップが二つついた、小さな箱型の機器だった。

津々倉はリビングの別の箇所と寝室と衣装部屋にも向かい、同じ機器を何個も取ってきて樹の前に転がした。その機器が何かわからず困惑していると、津々倉は淡々と告げた。

「盗聴用の発信機です。ここに来た翌日につけました」

樹は驚いて息を呑んだ。

「父の指示か……？」

「俺の独断です。貴方に追い出された場合の保険のつもりでした」

「……」

「ついでに言えば、空本との関係がシロだと判明したのは、貴方の携帯に盗聴アプリを入れていたからですよ」

樹はそれを聞きながら、黙って足下の盗聴器を見ていた。ああ本当に監視のために津々倉はここに来たんだなとわかる。けど、怒りも失望も湧いてこない。

「これでもまだ、俺の心配をなさるんですか」

津々倉は口の端を吊り上げるが、嘲りの笑みにしては失敗していた。

そんなこと、わざわざ言わなくてもよかったのに。監視が終わったら、合い鍵で入って片付ければ済む話だったのに。

樹は露悪的《ろあくてき》に笑う津々倉を見上げて、ぽつりと言った。

「君は必死なんだな。そんなに僕を遠ざけたいの」

「……ッ」

今まで心の内を見せなかった津々倉が、初めて動揺した瞬間だった。

見透かされたことに戸惑い、津々倉はひどくうろたえた。


自分はこの人に、ひどいことしかしなかった。

自分の朽ち果てた執着のためだけに樹を犠牲にし、一番大事なものを奪った。樹が必死に生きてきた目的そのものさえ奪ったのに、この人は何を言っている？

なぜ貴方は、こんな俺を許すんだ。

「津々倉」

樹から差し伸べられた手を、津々倉は反射的に振り払っていた。

「……なんなんだ貴方はっ」

片手で自分の顔を覆う。感情が揺れ動き、定まらない。

貴方が気に留める価値なんか自分にはない。それをどう言えばわかるんだ？

「俺には何もない。どうせ燃えかすのような人生です。旦那様の遺言にしがみついて、なんとも思わない利章様にお仕えして、なんの楽しみもやり甲斐もなく無味乾燥に一生過ごして、それでよかったんですっ」

苛立ちとやるせなさが混じり合って渦を巻き、叫ぶように言い放つ。

「わかっていますよ。遺言を守ったってなんにもならない。それで亡くなった旦那様が喜んでくれるわけでもない。それがなんです？　俺にはそれしかないんです。俺は……っ」

なぜこんなことを言わせるんだ。

自分で言っておきながら、津々倉には樹が言わせているようにしか思えなかった。樹の目を見ていると、心の奥底を覗き込まれ、そこにある一番触れられたくない感情を、手でつかまれて引きずり出されるかのようだ。

その感覚に耐えきれず、樹の肩をつかみ、津々倉は目に憎しみさえ浮かべて言った。

「俺は、貴方なんかほしくなかった！　大切なのは旦那様だけ……それ以外の誰もいらない。誰も……!!」


そんな津々倉の必死な姿が、樹には、父しか見ていなかった自分と重なって見えた。

本当に死んだ祖父だけでいいなら、津々倉はこんなに悩まない。その虚しさに耐えられないから叫んでいるのだ。父だけでいいなんて嘘だった。ずっと苦しかった。心を通わせて笑い合える相手がほしかった。

樹はまっすぐに正面にいる男を見上げた。彼は声を荒らげて拒絶しながら、その手は樹の肩の上で震わせている。そんな彼に、ふっと表情を緩めた。

津々倉の目が見開かれる。

その微笑みの優しさに、心を全部持っていかれてしまったから。


——樹様といると楽しいので。

そう樹に言った言葉は、嘘だった。

旦那様がいない世界で、楽しいはずがない。誰にも癒されるはずがない。

その、はずだったのに。

自分はどこで、間違ってしまったのだろうか？

多分、あの夕暮れの丘。

人生終わってるなんて言うなと必死に言われたあの時に、何かが心に響いていた。

嘘で塗り込められた日々は、楽しかった。

樹の笑った顔を見ていると、自然と笑みがこぼれた。

樹を傷つけたくなかった。だから、利章に認められることに固執するのはやめろと言った。もし樹が後継者になることを諦めれば、樹が受けるダメージを軽減できると思ったからだ。本当に勝手だった。樹にとって利章との関係が、どれだけ大事か知っていたのに。

それから樹の気を引く態度を取り続けながら、どうか俺に応えないでくださいと願っていた。樹がなびかなければいつまでも、樹と一緒にいられたのだから。

階段で倒れていた樹を見て、かけがえのないものをまた失うのかと思った。その衝撃は旦那様が倒れているのを発見した時とひどく似ていた。

それからは命令されてもいないのに、毎日のように樹のマンションを見にいった。盗聴器で病的に樹の気配を探りもした。法事で葬式のような顔をしていたというのなら、それは、自分にはもう樹に話しかける資格もないと痛感していたからだ。

——もう、駄目だった。

変わらないと決めていた。

大切なのは旦那様だけ。それ以外のものは何もいらない。

その揺るぎない信念を、妄執を、自分の魂そのものを変えてしまった人を呆然と見下ろす。その人はこちらを見上げて、小さく笑った。

「僕は君を、一人にしたくないよ」

津々倉の手が、崩れるように樹の肩からすべり落ちる。樹は支えるようにそっと、津々倉の背中に手を回した。

そうした途端、樹は苦しいぐらいの圧迫を感じ、津々倉の胸にかき抱かれていた。

「俺は貴方が嫌いだ……嫌いだ……!!」

空気を震わせるのは、血を吐くような声。

背中を締め上げてくる腕は、自分の世界を危うくする樹の存在を押し潰そうとしているかのようだ。だけどもう樹には、それが津々倉の最後のあがきだとわかっていた。

津々倉は覆いかぶさるように樹を抱き締め、声を上げて泣いた。そんな彼の背中を樹は黙ってさすっていた。

誰が悪かったわけでもない。

ただ祖父を愛しすぎた。そのせいで、狂ってしまったこの男が、愛しすぎて。

津々倉は、それからは樹の名前以外の言葉は言わなかった。

痛いぐらい強くすがってくる腕が、何より雄弁に津々倉の心を語ってくれる。頑なだった彼の心に、やっと触れられた気がした。

樹はその夜、一晩中、この孤独な魂を抱き締めていた。


「あ……やっ……」

薄暗い部屋の中に、か細い喘《あえ》ぎ声が響く。

樹は白いシーツの上で足を割り広げられ、後孔を津々倉にいじられていた。

朝が来て、もう十時を過ぎているのにカーテンは閉まったままだ。さわやかな朝の日差しはここには届かない。

樹は喘がされながら自分の両手首を縛《いまし》めているものを見る。最初はネクタイで縛られていたが、あとで購入してきた手錠をかけられ、ベッドにつながれている。

異常なのはそれだけではなく、樹は心許なげに自分の着衣に目をやる。上は長めの前合わせのシャツだが、下は下着も含めて何もはいていない。一日中この格好を強いられていて、何かの拍子に見えそうになるし、めくればすぐに見られてしまう。津々倉の方はお決まりのベストとスラックス姿で、樹だけが半裸に剝かれ、居たたまれない思いをさせられていた。

「貴方を愛しています、樹様。貴方とずっと一緒に暮らしたい」

津々倉と互いに抱き締め合って眠った翌日の朝、津々倉は樹にそう言った。

前日とは打って変わった態度だったが、樹は嬉しくて胸がいっぱいで、僕も君が好きだ、君と一緒にいたいと答えた。

ここまではよかった。幸せの絶頂だった。

だが、樹がハローワークに行ってくると言ったところで事態は一変した。津々倉は笑顔でこう言った。

「樹様は働く必要などありません。俺の退職金がありますのでそれで数年は暮らせますし、そのあとも俺が養って差し上げますよ。貴方は俺だけを見て、俺だけを愛してくればいい」

今までの津々倉なら、およそ言いそうにない言葉だった。

どうしたんだ、と樹は聞いた。なんでそんなことを言うのかと。

そんな扱いを受けて、樹が喜ぶはずがないことを津々倉は知っている。なのに彼は笑顔を崩さない。

「なんでも何も、俺はこういう男ですよ。言ったでしょう？　本当にほしいものは独り占めにしたくなると」

そしてそのあと――樹は両手を縛られ、マンションの部屋から出してもらえなくなった。

それが昨日のことだ。

つまり、今は樹が津々倉に監禁されてから二日目の朝だった。

「……ぅッ」

樹は慣れない圧迫感に顔を歪めた。

ほぐしたそこに、ぐぷりと道具を埋め込まれる。アナルプラグというもので、後ろの穴を広げるためのものだ。だんだん太いものに交換することで、穴を段階的に拡張することができると聞かされ、昨夜、寝る前に一番細いものを挿れられた。

「今日は昨日より太いのが入りましたね」

「……っ」

今朝やっと抜いてもらえたのに、また新たな異物を挿れられる。物理的には入っているが、それは樹の中を圧迫し、重石でも飲み込まされたような息苦しさを感じさせる。

しかも一度入ってしまうと、栓になっているため力んでも押し出せない。手錠で両手をベッドにつながれている樹には、自分で引き抜くこともできない。津々倉が抜いてくれるまでこの苦しさは続くのだ。

「なぁ……何を考えてる……？　なんでこんな……」

玩具みたいな扱いを、する？

何度も繰り返した疑問を目で問うと、津々倉は笑った。これも繰り返された反応だ。

「樹様と早くつながりたいだけですよ。それでは、何かありましたらお呼びください」

そう言うと、津々倉は玄関のドアの鍵をかけ、隣の自分の部屋に戻ってしまった。

樹は両手を縛められたまま、ベッドの上に放置される。昨日もそうだった。

「なんなんだよ……っ」

やるせなくて、聞こえよがしにつぶやいた。

呼べば来るというのは本当だ。津々倉が盗聴器を再度この部屋に設置し直したからだ。

津々倉のやることなすことが全然わからない。

二日前に雨の中を歩いたせいか、樹は風邪ぎみだった。その状態で津々倉から理解しがたい仕打ちを受け、動く自由を奪われた。ベッドの上で両手を頭上に拘束された体勢を強いられ、体にかなりの負担になっている。さらに昨夜は異物を挿入されたままだったためほとんど眠れず、風邪は悪くなる一方だった。

気温的にはまだ残暑が残るぐらいなのに寒気がする。多分熱があるし、樹の具合が悪いのは津々倉もわかるだろうに何もしてくれない。薬さえ飲ませてもらえない。まるで樹の体調を意図的に悪化させようとしているかのようだった。

でも、なんのために？

それが、まるでわからない。

もう樹は高宮の跡継ぎではなくなったのだから、父の命令だとは考えにくい。祖父の遺言と関係があるとも思えない。

じゃあ、津々倉の考えで？　……しかし、それこそなんのためだ。

「君はまだ、何を抱えているんだ……？」

樹は答えない盗聴器に向かってぽつりとつぶやく。そんなことしかできなかった。

翌日、樹の風邪はいよいよ悪くなっていた。喉が痛くて咳が出て、熱が三十八度近くある。普段なら即病院に行くレベルだ。

それでも津々倉は状況を変えようとせず、いつも通り朝食を用意するだけだ。いや、今日はおかゆだから、こういうところだけは気遣っていると言えなくもないのだが。

樹をリビングのテーブルに着かせ、津々倉は隣に座り、レンゲでおかゆをすくって、ふぅっと息で冷まし、一口ずつ樹の口に運んでくれる。甲斐甲斐しいようだが、要するにこの状況になっても手錠も外してくれないということだ。プラグも挿れられたままだった。

「ずいぶん、お加減が悪くなりましたね」

津々倉がつぶやく。心配そうな声のようにも聞こえるが、真意はわからない。

体調が悪くなり、監禁も三日目になると、樹も気弱になっていた。

「なぁ、父に僕を殺せとでも命令されているのか」

「いいえ、とんでもない」

「じゃあなんだ」

津々倉からの返事はない。やはり何も教えてくれないのだと落胆すると、元々なかった食欲がさらになくなった。おかゆを三分の一も食べないうちに樹がもういらないと言うと、津々倉はレンゲを置いた。

「今日で、終わりですから」

終わり……何が？

回らない頭でぼんやりと津々倉を見上げる。津々倉は慣れた手つきでテーブルの片付けを始めた。

何が終わるのだろうか。病気を悪化させるのを終わらせてくれるのか、監禁をやめてくれるのか、それとも……毒でも入れてとどめを刺されるのか。

いずれにせよ、その言葉が不安でならない。

片付けが終わると、樹は寝室に戻され、また手錠でベッドにつながれた。次は昼食まで津々倉はここに来ない。樹は思わず、「もう行くのか」と引き止めるように声をかけた。

「……」

津々倉は黙ってベッドに腰を下ろし、樹の顔に手で触れた。その指がゆっくりと下りてきて、樹の唇をなぞる。何度もなぞられ、唇をこじ開けるような動きをされ、樹は——言われたわけでもないが、おずおずと口を開いて指を中に受け入れた。

「ん……」

津々倉の指を舐める。そんなつたない触れ合いでも始めてしまうと胸が切なくなってきて、与えられた指を必死に舐めた。少しでも刺激を感じてほしくて、指と爪の合間を狙って舌でつついた。

「……ッ」

津々倉は何かに我慢できなくなったように顔を歪めると、指を樹の口から引き抜いた。

好物を取り上げられたような気持ちにさせられたのも束の間、ベッドにつながれていた手錠を外された。

「っ……」

横になっていた体を抱きかかえられ、津々倉の膝の上に背中を向けて座らされる。そして再び手錠をかけられた。抵抗する間もなかった。

津々倉の両手が、唯一羽織っている樹のシャツの中に入り込み、焦らしも何もなく樹の乳首を強くつまむ。樹の体がびくっと震えた。

津々倉に、いやらしいことをされている。

そう思うと恥ずかしい気まずさがあり、慣れないことに戸惑うが、樹の体は与えられる刺激に歓喜していた。

「あッ……」

くりくりと指先で胸の粒を転がされ、かと思えばひねられ、押し潰され、手ひどくいじられてそこは一気にぷくりと膨れ上がった。それに連動するように樹自身もはしたなく勃ち上がり、早くも先走りをとろとろとこぼし始める有様だった。

「触ってもいないのに……ここ、すごいですね」

下には何もはいていないため、樹の小ぶりなものが自身のシャツの裾を押し上げ、丸いシミを作っている。それを指摘されて、樹は津々倉の腕の中で身を縮めた。死にそうなぐらい恥ずかしくて、涙がにじむ。

ソファで自らを慰めて以来、樹は毎日のように手淫《しゅいん》をしていた。なのにこの三日は両手を拘束されていたため一人ですることもできず、津々倉を想って悶えるばかりだった。

「なぁ、今度はなんだ。何が目的なんだ」

またこれも父に報告するためだったりしたらと胸が張り裂けそうな思いで聞くと、感情を押し殺し切れない声が返ってくる。

「目的など――ありませんッ」

津々倉の大きな手に下の劣情を握り込まれ、もう片方の手には変わらず乳首を責め立てられる。後ろから耳を舐められ、かじられ、樹はもう無意識に腰を揺らしていた。

「あ……ああぁッ」

性急にしごかれ、樹は堪えることもできずにあっけなく陥落した。そのどろりとした白濁を手に受けながら、津々倉は樹の体勢を変えさせた。

ベッドに手をつかせ、尻を突き出す格好を強要する。そして入れっぱなしにしていたアナルプラグをぐぷんっと引き抜いた。その強い排泄感に樹の体がぶるりとわななく。

津々倉は自身に樹の白濁を塗りつけながら、食い入るように樹のそこを見て、動きを止めた。

「……」

無理やり太い栓を埋め込まれていた樹の密やかな窪《くぼ》みは、痛々しく腫れ上がっていた。穴を広げるための道具ではあるが、今の樹には——わかってはいたが——使うサイズが大きすぎた。これでは挿入しても樹はただ痛いだけで、快感を得るにはほど遠いだろう。

「……どうしたんだ？」

経験のない樹でも、さすがにこの次に何をするかぐらいはわかっている。なのに津々倉は動かない。

今、樹は決して人には見せない恥ずかしいところを津々倉の前にさらしている。自分でさえ見た記憶がない場所だ。もしかして、ひどく醜《みにく》い形状なのだろうかと不安になっていると、津々倉が戸惑いがちに言った。

「まだ……拡がり具合が足りません。これで受け入れるのは無理ですね」

ずん、と体が一気に重くなった気がした。

無理、という単語だけが頭に残り、樹の心を深くえぐる。萎えたのだ、と思った。

この三日、津々倉が言うのは嘘ばかりで何一つつかみどころがなかったが、なぜか樹は、津々倉が樹を好きという、そこだけは漠然と本当だと思っていた。監禁前日の、きつく抱き締められて眠った夜が嘘だとは思えなかったからだ。

だが、それはただ抱き合って眠っただけだ。魂に触れた気はしていたが、性的な触れ合いはなかった。

津々倉に嫌われてはいないし、好かれているのだとは思う。だけど、それは樹が津々倉に抱くような性的な好意ではなかったのだ。

「なんだ……そっか」

努めて、なんでもない声を出そうとした。ここで泣いたらあまりに惨めすぎる。眉間に力を入れて、変な顔になっているだろうが、とにかく軽く一言だけ確認しようとした。

「じゃあ、僕を好きって言ったのも、嘘、」

言い切る前にぼろぼろと涙がこぼれた。

津々倉が性的に触れてくるのは、いつも偽りの時だけだ。

そうだよなと思う。津々倉は自分と違って健全な男なのだ。それが同性に惹かれるなんて夢のような話、あるはずが――。

その瞬間、樹の体は後ろから津々倉の腕に抱きかかえられていた。

そしてもう一度津々倉の膝の上に座らされ――激痛が、体の中にめり込んだ。

声が出ず、泡が口からこぼれる。

無意識にもがき、手錠の鎖がガチャガチャと音を立てた。痛みで目が限界まで見開かれたまま、呆然と背後の男を振り返った。

津々倉に刃物で刺されたのかと、この時、樹は本気で思った。

「樹様……ッ」

津々倉の耐え切れないという、今にも泣きそうな顔。

それを見て——自分の体を貫いているものがなんなのか、樹はやっと理解した。

そうか、こんな結果がわかっていたから挿れなかったのかと樹は安心した。そうしたら
また涙がこぼれた。

「……無理ならおっしゃってください。すぐ抜きます」

津々倉の言う通り、かなり無理な状態だった。樹の体は痛みのあまり硬直し、手は痙攣《けいれん》を起こしたように震えていた。

一体、道具で広げた意味はあったのだろうか。

自重のために根元まで深々と突き刺さったそれは道具よりはるかに太く、拷問の凶器としか思えないような代物だった。

それでも樹は、それを体内から追い出したいとは思わなかった。酸欠の魚のように大きく口を開けて息を吸い込み、できる限り体から力を抜き、それを感じた。

「……熱いな、君は……」

痛みで頭が朦朧《もうろう》としながらも、樹の意識をつなぎとめていたのは、その熱だった。

津々倉は、熱かった。

人生終わってなんかいない。君の熱は——命は——ここにある。それを直接感じ取れた。

ぼろぼろと涙があふれる。それは痛いからだけではなかった。

やっとつながることができた。君と。

愛しい人の灼熱《しゃくねつ》を食い締める感触に、樹は泣いた。自分はこんなふうに誰かと深く触れ合うことなんて、一生ないと思っていた。

「つづくら、すき……」

それに対して返事はない。ぎりりと歯軋《はぎし》りの音が聞こえただけだ。

それでもいい。体だけでもつながっていられるなら、もうそれで。

「……愛しています、愛しています、樹様……ッ」

そんな言葉を聞いたような気もするが、よくわからない。

満たされた気持ちになりながらも、限界を超えた痛みから身を守るように、樹の意識はふっと闇の中に落ちていった。

次に樹が目を覚ました時には、もう時間の感覚がなかった。何時間ぐらい寝たのか、今が昼なのか夜なのかもすぐにはわからない。津々倉との行為で樹の病状は一気に悪化し、そのためか両手を拘束する手錠をベッドにつなぐのはやめてもらえたが、もう一人で歩くのさえ危うい状態だった。途中で空本の車の音が聞こえた気がしたけど、津々倉が追い返したのか、それとも幻聴だったのか、それさえ判然《はんぜん》としないまま、また眠りに落ちた。

次に気づいた時は窓の外が薄暗かったので、多分、夕方だったのだろう。放心状態でベッドに横たわっていると、隣のリビングから津々倉が電話をしている声が聞こえてきた。

「……貴方がいらないと言うから俺がもらったんですよ。捨ててあるものを拾って何が悪いんです。捨ててない？　よく言いますね。今までまともに向き合ってもこなかったくせに」

内容は熱のせいで半分ほどしか頭に入ってこなかったが、ケンカを売るような声だった。

「……近々、二人で引っ越す予定です。……さあ、貴方から遠く離れた場所がいいですね。もう樹様を貴方のそばにいさせる気はありませんから」

誰と話をしているのだろう……？

気になりながらも起き上がる気力は残っておらず、樹はまた眠ってしまう。

再び意識が浮上したのは、荒々しい足音が聞こえたからだった。

「これはこれは。意外に早かったですね、利章様。今まで腰を上げずにきた歳月を思うと光のような速さです」

「お前に用はない。樹はどこだ」

父の苛立った声を聞いて、樹はいっぺんに目が覚めた。ベッドから飛び起き、とにかく何事かとリビングに続くドアを開ける。するとスーツ姿の父がこちらを向き、驚愕《きょうがく》に顔を歪めた。

それで樹は初めて、自分の格好に思い至った。

手錠をされていて、着ているものはシャツ一枚で、下着すらはいていない。そして高熱のため体はけだるくふらついている。どう見ても、監禁されて犯されているという誤解しか招かない格好だ。……いや、誤解ではないのだが。

「お前……樹に何をしていた！」

父が声を荒らげ、津々倉の胸倉につかみかかる。いつもは冷静そのものの父が、そんな行動に出たことに樹は驚く。だが津々倉は平然と、人を食ったような顔で受け答えた。

「何って、愛し合っていたんです。言ったでしょう？　樹様は俺が好きなんですよ」

「これのどこがだっ」

樹には津々倉がなぜそんな挑発的な言動をするのか理解できない。だけどこのままだと一番まずい解釈をされると思い、津々倉をかばった。

「父さん、あの……ほ、本当だから。僕は津々倉が好きで、む、無理やりとかじゃないからっ」

父の顔がみるみる険しくなるのを見て、最悪のタイミングだったことを悟った。これでは悪い男に騙されているのを、自分で気づいていないようにしか見えない。

父は樹の言い分には耳を貸さず、津々倉を睨みつけた。

「貴様⋯⋯なぜ樹に目をつけた?」

すると——津々倉は顔を歪めて笑った。

「その顔⋯⋯貴方でもそんな顔をするんですね、利章様。いい気味だ」

聞いたこともないような、そんな顔を。津々倉の人を嘲る声。耳障りで、不自然で、慣れていない声だった。

「俺はね、昔から貴方が嫌いでしたよ。旦那様が亡くなったら、貴方に一泡吹かせてやろうとずっと思っていました。それで葬式のあと、貴方のところに行って取り入るふりをしたんです。おあつらえ向きでしたよ。貴方は一番の弱点を、俺に預けたんだ」

「……なんだと」

父は憤怒に引きつった顔をするが、樹には嘘だとすぐにわかった。

祖父を失ったあとも、津々倉は祖父の執事のままだった。その津々倉が、父に害をなそうとするなど、あり得ない。

父が津々倉の話を信じかけているのを見るに、津々倉が父を嫌っていたというのは事実なのだろう。だが父への反発心などたとえあったとしても、祖父亡きあとも変わらない鋼《はがね》の忠誠の前には、塵に等しいものだったに違いない。

なのになぜ津々倉は、こんな作り話をするのか。

「それで樹をこんな目に遭わせたのかッ！」

瞬間、父が津々倉の顔を殴りつけていた。

髪を振り乱して拳を振るう父の姿に、樹は目を白黒させた。驚くなんてものじゃない。

津々倉は頬を殴られてよろけ、壁に寄りかかった。

「私が気に入らないなら、直接私に仕掛けてくればいい。それをなんだ、樹は関係ないだろう！」

「……よく言いますね。今まで樹様を散々傷つけてきたくせに」

「……っ」

父は言葉に詰まったまま、津々倉を睨みつけている。樹はというと、自分のことで父がこれほど感情を昂《たかぶ》らせていることに、どう対応していいかわからない。

しかし樹の動揺をよそに、津々倉は話を続ける。まるであらかじめ筋書きでもあるかのように。

「貴方は何もわかっていない。貴方は奥様にも、旦那様にも愛情を注がれて大切にされてきたくせに、それに気づかない。それで相手がいなくなって精神を病んで、それでも自分の非を認めようとしない。貴方はいつもそうだ」

「……何を訳のわからんことをっ」

「いいですよ。しらばっくれるならそれで。また大切な人を失って、もっと心を病めばいい。——さあ樹様、行きましょう。こんな男、貴方の父親には相応しくない」

行くって、どこに。

津々倉に手を伸ばされるが、こんな格好では、下の駐車場まで歩くのだって反社会的行為だ。

だけど……行くしかない。

だってあんな顔で無理に笑う津々倉を、一人になんてできないから。

迷いなく津々倉の方に歩み寄る樹を見て、父は目を剝いた。

「樹、何をしている！　聞いていただろう、こいつはお前を騙していたんだぞ！」

「無駄ですよ。樹様はもう、俺の言いなりです」

「樹ッ」

父が樹の腕をつかんでくる。おぼれる者がわらをもつかむような必死さがそこにはあった。これほど必死な父を樹は見たことがない。

「こんなところにはいられない。樹、お前はいったん自宅に戻って、今後についてゆっくり考えなさい」

樹は父を見上げた。

誤解とはいえ、父が自分のために怒ってくれて嬉しいと思った。こうして自分を見てくれる関心がまだあったことも嬉しい。

それでも、父の下に帰ることはできない。それはもう選べない選択なのだ。

「お気遣い感謝します。ですが、もう父さんのところに戻ることはありません。僕は自分で」

最後まで言えなかった。言葉を遮るように、父に強く抱き締められたから。

「どこにも行くな。お前は私の息子だろう！」

息が、詰まりそうになる。

血のつながりがなくても、息子だと認めてほしかった。

一番ほしかった言葉を、どうして、今。

呆然と父の胸に抱かれていると、懺悔《ざんげ》の声が降ってきた。

「私が悪かった。お前に優しくしてやれなかったのは、私のつまらんこだわりのせいだ。……文香の不妊は私に原因があった。私に子種がなかった。それで子ができず、あんなレイプで子を授かることになった。……お前を認めたら、それでよかったと認めることになる。だからお前を跡取りにだけはしないと決めていた。……くだらん固執だ。そんな過ぎたことよりも、文香がお前を残してくれたことの方が大事だったのに……」

樹はただただ驚くしかなかった。プライドの高い父が、そんな心の内を明かしてくれるなんて。

「お前までいなくならないでくれ。私の目が濁っていた。跡取りはお前しかいない。お前を愛している……！」

この時――かつて何よりもほしかったものを得た瞬間、樹は血の凍る思いですべてを悟った。

津々倉は、このために、すべてを引き換えにしたのだと。

この三日間の津々倉の行動の意味がやっとわかった。

津々倉は、父の樹に対する愛憎と気持ちの揺れを察していたのだろう。だから樹を危機的な状況に追い込めば、父は憎しみではなく愛情の方に傾き、和解につながると踏んだのだ。

だが、そんなことをして、津々倉はどうなる？

父は、高宮グループの頂点だ。

祖父が遺したもの全部を統べる人物であり、一番敵に回してはいけない相手のはずだ。父に疎まれたりしたら高宮にはいられなくなる。いやそもそも、津々倉は祖父から父を頼むと言われたのではなかったのか。

父の肩越しに、津々倉と目が合う。

父に殴られて、津々倉は頬を赤く腫らしている。その彼はわずかに微笑み、声は出さず、口だけを動かして樹に告げた。

さようなら、と。

津々倉は未練を見せなかった。父子の時間に自分は不要だとばかりに無言で玄関に向かう。その背中を樹は愕然と見つめていた。

なんで君が、お祖父様の遺言を捨てるんだ。

足先が震え、その震えが全身に及ぶ。

だって君は、それがすべてじゃなかったのか……？

樹はとっさに追いかけようとしたが、父が抱き締めた体を離してくれない。

「行くな。あの男とつき合うのは許さん」

父に足止めされている間にも、津々倉は遠ざかっていく。

「……津々倉！」

樹は最後の力で父の腕を振り切り、走る。津々倉が驚いたように振り返った。

君は、なんにもわかってない。

確かに父さんとは仲直りしたかった。でも違う。君にこんなことをしてほしかったわけじゃない。そんなことより僕は、何より、君の気持ちを聞かせてほしかった……っ！

しかし樹の足がもつれ、廊下に倒れそうになったところを後ろから父に抱きとめられる。

それで元々限界だった体力が尽き、樹は一歩も動けなくなる。

それを見届けると、津々倉は踵を返して部屋から出ていく。無情にもドアは閉じられ、津々倉の姿を樹の視界から奪った。

こんな別れ方、ないだろ。

僕は君を一人にしないって、言ったのに……！

悔しさとやるせなさが意識を覆うとぐらっと頭が揺らぎ、樹は父の腕の中にくずおれた。

朝の光をまぶたに感じ、うっすらと意識が覚めてくる。

久しぶりによく眠れた気がする。なぜだろうと思い返し……あの悪夢のような別れを思い出す。

だけどその時、誰かが部屋に入ってきた。

そこはかとなく職業的に優雅《ゆうが》な気配に津々倉の匂いを感じ、樹は心の底から安堵した。よかった。津々倉はちゃんと戻ってきてくれたのだ。

「つづ……」

「おはようございます、樹さん」

目を開けると、そこには小洒落たスーツを身にまとい、ほっそりとしたシルエットの、重光が立っていた。

樹は伸ばした手を恨めしく下ろす。なんだか前にも同じようなことがあった気がする。

なぜこうも津々倉はいてほしい時にいてくれないのか。

「お体の具合はいかがですか。まだ熱が下がっていないようですが」

よく見ると、ここは重光のマンションらしく、樹は咳をしながら体を起こした。

「あの……津々倉は？」

「津々倉ですか。昨夜から連絡を取ろうとはしているのですが、音信不通の状態です」

予想通りの答えに樹は落ち込む。津々倉はどこに行ってしまったのか。昨日の今日なので、そんなに遠くには行っていないと思いたいが。

「捜しにいきます」

「そうですか」

それならしっかり食べてくださいねと、重光は用意していた朝食を運んできてくれた。食欲はなかったものの、津々倉を捜すためにと無理にでも食べ、外に出る準備をする。幸い樹の服や靴、携帯端末などは一式ここに運ばれてきていたので、それを重光から受け取って……ふと気づいた。

「あの、いいんですか。その、父に、僕を部屋から出すなとか言われてるんじゃ……」

「ああ、そんなの気にしなくていいですから」

重光はひれひれと手を振った。

「でも、父に怒られたりしないですか」

「怒られる？　誰が、私が？」

重光はにっこりと笑う。だけど、なぜかその笑顔には凄みがあった。

「怒りたいのは私の方です。どう考えても今回の元凶はあの人でしょう。人が入院している間によくもまあこそこそと。会長には私からしっかり言い聞かせておきますので、どうぞお気になさらず」

……あ、重光さんってそういう人だったんだと新たな一面を見た気がした。どうやら重光は父に対しては相当ずけずけと言う秘書らしい。

そういえばと、重光が背広を着ている意味に気づく。

「重光さん、手術は成功したんですか？」

「ええ、問題なく。おかげさまで今日から出勤です」

「お体の方は大丈夫なんですか？」

「痛くて死にそうですが、そんなことより会長にお灸を据える方が断然先ですので。ええ、ほんとに、私がやせ細っている時に二キロも体重を増量なさって。味がわからないなら食べなきゃいいのに、たまに衝動的に食べまくるんですよね、あの人」

「味がわからない？」

「ああ、あの人、味覚障害なんですよ」

樹の驚きをよそに、重光はあっさりと打ち明けた。

「奥方の文香さんが亡くなって以来、ずっとです。だから、ご逝去された名誉会長に最後の最後までご心配をおかけする羽目になったんですよ」

「……知りませんでした。もしかして、父が家に寄りつかなくなったのは、僕と食事をしたら、それを僕に気づかれると思ったからですか？」

重光は肩をすくめてみせることで、それを肯定した。

「妻を亡くして味覚障害なんて、かわいそうな人みたいだから絶対に樹には言うなとすごい顔で言うので黙っていましたが、もう知りません。あの人のプライドの高さはいつか身を滅ぼしますよねぇ」

重光はのほほんと言うが、樹は改めて父の心境を思った。

父は、母をかすめ取った男の子供である樹に、弱みを見せることができなかったのだろう。自分は今までずっと、父にとっては気の休まらない存在だったのだ。

それを思い、樹は決意を固めた。

「重光さん、僕を跡取りにすると昨日父から言われたのですが、辞退すると、父に伝えていただけませんか」

「それはまた、どうしてです？」

重光は意外そうに聞き返してくる。今まで、跡取りになるために脇目も振らずに努力を重ねてきた樹を見ているので、当然の疑問だっただろう。

樹は一呼吸置き、話し始めた。

「僕はずっと、父に認められたい、認められるためには跡取りにならなければならないと頑なに思ってきました。でも逆に父は、僕を跡取りとしてだけは認めまいと思っていたと、心の内を教えてくれました」

苦渋ににじんだ父の声を思い返しながら、続ける。

「重光さんはとうにご存じだったと思いますが、僕は高宮の御曹司ではありません。僕は臆病で姑息《こそく》でした。自分の出自を直視する勇気がなかったために、父とこんなにもすれ違ってしまった。……今思えば、父に認めてもらえなくてもよかったんです。ただもっと、父の近くに寄り添いたかった。それを素直に父に言えばよかったですね」

今まですれ違ってきた長い年月を思う。

自分は何をしていたのかと、今ほど痛感したことはない。津々倉がどんな思いでこの機会を作ってくれたのか、それを思えば。

樹は静かに瞑目《めいもく》した。今こそ片をつけなければならない。自分の首を絞めてでもなお手放せなかった、自身の妄執に。

「私の息子だと、父は言ってくれました。それだけで、もう充分です。跡取りという地位は僕には過ぎたものですし、今ではいらないとさえ思います。僕が世間的に跡取り候補と見なされてさえいなければ、父はこんなにも苦しまなくて済んだと思いますから」

口を挟まずに黙って聞いていた重光は、樹の話が終わると口元に笑みを浮かべ、小さくため息をついた。

「男子三日会わざれば刮目せよ、ですねぇ。ぜひ会長本人に聞かせたかった。きっと樹さんを跡取りにし損ねたことを後々まで後悔しますよ」

「まさか。やっと一人の人間としてスタート地点に立てた気持ちなんですから」

一人暮らしを始めて少しは自立した気になっていたが、全然違っていたと今ならわかる。気持ち的には何も父から自立できていなかったのだから。

「父の下には戻れませんが、父にはまた会いにいきます。その、父が僕に会ってくれるならですが」

「会いますよ。今回のことであの人も、プライドより大事にしなければいけないものがあるってことをやっと学習したようなので。そんなの、もっと遥か昔に学んでおいてほしいものですけどね」

重光が笑って言い、樹も笑った。

すがすがしい気持ちだった。口に出したことで、やっと長年の気持ちが過去のものになった思いがした。

「ああそれと、今さらあの会長と同居はあり得ないとして、引っ越しをお考えですか？　会長が、樹が遠くに行ってしまうとか戻ってこないとかそれなら住所だけは張りついてでも聞き出せとか、にわかにいろいろとうるさいんですけど」

「それは……これから津々倉と相談しようと思います」

それを、樹は隠し立てせずに言った。男と一緒に暮らすつもりだと。

重光はまじまじと樹を見つめたあと、柔らかく目を細めて頷いた。

「本当に、樹さんは変わられましたね」

重光にそう言われて、ああそうかと思う。

最初は誰かと同居なんてとんでもない、人と深く関わるようなことは避けよう避けようとしてきた。

秘密があったから。誰にも本当の自分を知られたくなかったから。

だけど今はこんなにも自分から関わりを求めるようになった。当たり前のように。

――津々倉、会いたい。

気を抜くと、すぐに津々倉のことで頭がいっぱいになる。そんな樹に重光はしれっと告げた。

「ああそうそう、津々倉のことですが、私が捜しても見つからないでしょうが、樹さんが捜せばきっと見つかりますよ」

なぜ風邪引きで熱のある樹が捜した方が見つかる確率が高いのかはわからなかったが、重光がそう言うので樹は俄然《がぜん》勇気づけられ、飛び出すようにマンションをあとにした。

しかし、そう簡単にはいかなかった。

樹はとりあえず父と重光のマンションの周りを捜し、次に祖父の屋敷とその周辺を捜したものの、津々倉は見つからない。しかも夕方を過ぎた辺りからまた熱がぶり返してきて、一度休憩しようとふらふらの状態で近くに見えた公園に向かった。

津々倉が行きそうな場所は、あと一つ心当たりがあった。あの祖父との思い出の場所である丘の上だ。あの場所で待ち伏せをすれば津々倉は来るような気がしたが、問題は樹に待ち伏せする体力が残っていないことだ。樹は必死に考えた。

あの場所で張り込む方法……それは……テント？　今からテントを買いにいけばいいのか？　それでいいのか？

熱で頭がぼうっとしてきて考えをまとめられずにいると、携帯端末が鳴った。樹はもう名前も見ずに反射的に電話に出た。

『樹？　……よかった、やっとつながった』

空本の声に、一瞬がっかりしそうになるが、今いいか？　と真面目な声で聞かれて、空本と最後に別れた時のことを思い出し、樹は姿勢を正して聞いた。

『俺、樹が男を好きでも気にしないから。そんなの関係ねぇし。あの時はごめんな、驚いて』

空本の真摯な気持ちが伝わってきて、心がじんわりと温かくなる。

「ううん……ありがと」

空本がほっとしたような息をもらすのが聞こえてくる。心配をかけてしまったようだ。

『もっと早く言いたかったんだけど、樹、ここ三日ぐらい携帯の電源切ってただろ？　家に行ったら留守だって言われるし……』

「え？　そうなの？」

『そうなのって……』

もしかして、監禁の時に津々倉が端末の電源を切っていたのかもしれない。そういえば空本のことも追い返していたような気が……。

『なあ樹、あの執事になんか騙されてない？』

「え、そ、そんなことないよ？」

『ていうか、さっきから声が変だぞ。風邪引いてるのか？』

「え、いや、大したことないよ、全然」

『そうか？　今、家じゃないよな。車の音聞こえるし。外で何してんの？』

「ええと……ごほっ」

『……またあの執事のせいで苦労してるんじゃないだろうな』

「……」

『おい、そうなのかよ？』

「いや、あの……」

心配してくれるのはありがたいが、下手に返事をすると、ここまで迎えにきそうな勢いだ。なんとかごまかそうとしているうちに頭がガンガンしてきて、立っているのもつらくなる。公園には着いたのでとにかくベンチまで行こうと気が焦っていると、足がもつれた。

あ、転ぶ、と思った瞬間、後ろから誰かに体を抱きかかえられた。

「あ、すみませ……」

支えられながら自分の足で踏ん張ってなんとか持ち直す。すると手からさっと端末を取り上げられ、えっと思って振り向くと、そこには。

「——お電話代わりました。津々倉です」

樹はぽかんとして、黒い三つ揃いのスーツを着た、その捜し人を見上げる。樹の心境を代弁するように、空本の『はぁ？』という声が端末からもれてきた。

「樹様はただいま体調が優れないため、また後ほどおかけ直しいただけないでしょうか」

『あのさ、あんたがついてるのに、なんで樹がげほげほ言ってんだよ。まさかあんたのせいじゃないだろうな』

「……」

『黙ってんなよ。樹のこと、また泣かせてるならぶっ殺すぞ！』

「それでは失礼いたします」

『おい、ちょっ』

ピッ、と通話を切る音がする。

空本の声が大きすぎてだだもれであり、全然話が穏便にまとまっていないのは丸わかりなのだが、津々倉は平然と樹に向き直り、さりげなく電源を切ってから端末を差し出した。

「どうぞ」

そのいつも通りの落ち着いた所作になんだか急激に腹が立ち、樹は端末を引ったくると津々倉に向かって叫んだ。

「お、怒ってるんだからな、僕は！」

喉が痛いのでかすれてひどい声だが、叫ばずにはいられなかった。津々倉はぎょっとした顔をするが、樹の怒りは収まらない。

「大体、なんで君は人の話を聞かないいんだっ」

「いえ、全部聞いていますよ、話は」

公園の中なので津々倉は周りをちらちらと見回し、人目を気にしている。多分、樹のためだろうが、そんなことをされるとますます腹が立ってきて、樹は津々倉の胸倉を両手でつかんで正面を向かせた。

「じゃあなんだ、君は人の心配が理解できないのか？　性格がひねくれてるのか？」

「樹様、ここでは目立ちますので場所を」

「なんで君は、一人で出ていったりするんだ……っ！」

津々倉は目を瞠り、樹を見つめる。樹は悔しさとか安堵とかそういうものが入り交じって胸が詰まり、黙り込んだ。

「……近くに車を停めてありますので、そちらで話しましょう」

相変わらず場所移動を優先する津々倉に、伝わらなかったのかと悲しくなる。だけど、樹を支えるように肩に回された手が震えているのを感じ、そうじゃなかったことを知った。

津々倉は樹を後部座席に乗せると、運転席には行かずに樹の隣に座った。

「もしかして、朝から僕のあとをつけていたのか？」

「ええ。まさか重光さんが貴方を一人で行かせるとは思っていなかったので……樹様が諦めてご帰宅されるまでと思い、尾行しておりました」

「それで僕が諦めたら、僕から離れていくつもりだったのか？」

津々倉はじっと樹の顔を見ていたが、観念したように白状した。

「……お待ちするつもりでした。利章様との関係がうまくいくまで、何年でも」

「……」

父との関係はもう自分の中で整理がついている。だからもう待たなくていいと言ってもいいのだが、樹が引っかかっているのはそこではない。

「君は、ひどすぎる」

ぽつりとつぶやくと、津々倉はさっと青ざめてうつむいた。膝の上で無意識に拳を握っている。

「……それは……申し開きのしようもございません。俺のせいで樹様をどんなに……」

「そうじゃなくて、年単位で待つってなんだよ。僕はもう一瞬だって待てないのにっ」

それはどういう意味かと津々倉は顔を上げる。まるで聞き間違いかと疑っているような顔に樹は焦れた。こんなに好きなのになんでまだ伝わってないいんだと、悔しくて涙までにじみ出てきた。

「なんだよ、なんか僕ばっかり君が好きで……ひどいって言ったのは、あんなことしておいて黙って出ていったことだっ。君がどこかにいなくなるぐらいなら、監禁されてる方がまだマシだったッ」

その発言に津々倉は目を剝いているのだが、樹は目をこすっているので気づかない。鼻水をすすりながら樹はなおも言い募った。

「父に愛想を尽かされたっていい。嫌われたってもういいんだ。……父と仲直りできたって、君がいなきゃ意味ないだろ。僕は、君がいてくれればそれでよかったのに……ッ!」

樹の涙ながらの告白に、津々倉はもう胸がいっぱいになっていた。

樹が幸せになるには父親とのつながりがどうしても必要で、それは変えられないのだと思っていた。だから何をしてでもまずそれを返さなければならないと思って身を引いた。なのに。

震える手で、樹に触れた。

「本当、ですか。樹様、本当に？」

「君がそう変えたんだろッ」

途端、津々倉に体を捕らえられ、ぎゅうっと背中を抱き締められる。その力が強すぎて胸が苦しいほどだった。

津々倉はまだ信じられないように、腕の中に樹がいることを何度も何度も確かめた。

「貴方にひどいことばかりしてきたのに……こんな俺を許してくださるんですか……？」

「これで離れていったら、そっちの方が許さない」

「もう……離しません。二度と」

さらにきつく、津々倉にかき抱かれる。

その強すぎる圧迫さえ嬉しくて、いつまでもこうしていたいぐらいだったが、急にごほごほと咳き込んでしまい、樹を締めつけていた腕が解かれてしまう。少し残念に思っていると、津々倉が気遣わしげに顔を覗き込んできた。

「……こんなお体で無理をなさって」

「本当だよ。君はひどい執事だな」

「樹様の執事という意識はありませんでしたので」

それはそうか、と思った。

思えばこれまでずっと、祖父が死んだあとも、津々倉は祖父の執事のままだった。

「ですがこれからは、貴方が俺の主人です」

臆面もなくそんなことを言われ、一拍置いて、かぁっと顔が赤くなる。自分の大切な人を主人と言うのは、津々倉にとっては自然なのかもしれないが。

「いやあの、主人ってそんな……」

言いかけて、その意味に気づく。

津々倉は今、祖父の執事を辞めると言ったのだ。

死人に縛られるのは、やめると。

樹は改めて津々倉の顔を見た。

「……本当か」

「はい」

「僕なんかで、いいのか」

「貴方以外に考えられません」

津々倉は頭《こうべ》を垂れ、樹の手を取った。まるで騎士が高貴な姫君に誓いを立てるかのようだ。

「最初に貴方に会いにいくまでは、なぜ自分は生き長らえているのかと、そんなことばかり考えていました。けれどいつからか……いつも一生懸命な貴方を見ていて、そんなこと、忘れていました」

吹っ切れたように、津々倉は晴れやかに笑った。

「俺は貴方と生きたい」

その言葉に、込み上げるものがあった。

燃えかすの人生、もう人生は終わっていると言い続けた津々倉が、生きたいと言ったのだ。貴方と生きたい、と。

樹はまた泣きそうになりながら、津々倉の胸にしがみついた。そんな樹をこの世の至宝を抱くように、津々倉の腕が優しく包み込む。

「愛しています、樹様」

「今度こそ、本当か？」

「はい」

二人で見つめ合って笑った。樹は泣き笑いになったけど。

自然と、唇を寄せ合った。

初めての偽りのない口づけは、とても甘くて、涙が出そうなほど愛おしかった。

君の人生は終わらない。これからも続いていく。
その隣に僕もいるから。ずっと、いるから。
その想いを込めて、樹は津々倉の首に抱きつき、口づけを深くした。

秘書重光の華麗なる一日

重光誉《しげみつほまれ》、三十八歳。

高宮《たかみや》グループの孤高《ここう》の会長を、唯一《ゆいいつ》操れる男。

その男の朝は、台所に立つところから始まる。


広々としたシステムキッチンに、ジュワーッという音が響く。

小粋《こいき》なスーツに身を包み、髪を整髪料できちんと整え、愛用のシルバーフレームの眼鏡《めがね》には曇り一つない。そんな、朝から身繕《みづくろ》いを済ませた重光は、胸当てのあるロングエプロンをつけて、玉子焼きを作っていた。

四角いフライパンに流し込まれて表面が固まってきた卵を、箸《はし》で折り畳むように奥に巻いていき、再び卵液を入れてまた巻く。それを三回繰り返して完成させ、目を細める。今日の玉子焼きは色も形も美しい。完璧だ。

そう満足したところで、重光は台所から離れ、上司の寝室に向かった。

「会長、朝です。ご飯ですよ！」

薄暗い寝室に入り、シャッとカーテンを開け放つ。すると太陽の光を避《さ》けるように、キングサイズのベッドに眠る高宮利章《としあき》が寝返りを打つ。その上司に「朝ですからね！」ともう一度声をかけ、朝食の準備に戻った。

重光は隣の部屋に住んでいるが、毎朝こうして利章の部屋に来て朝食を作っている。家政婦に作らせていた時期もあったのだが、それだと利章が好き嫌いをして栄養が極度に偏《かたよ》ったため、朝食だけは重光自らが作るようになって久しい。

ダイニングのテーブルの上にはすでに、先ほど完成した玉子焼きと、味噌汁、焼いた鮭、常備菜のひじきの煮物、のり、たくあんが見栄えよく並べられている。そこに、炊きたてのご飯をよそった茶碗を置いたところで、のっそりと寝間着姿の利章が現れた。

髪はぼさぼさで、目は半開き。脳が半分寝ている状態で、テーブルに置かれた新聞を開きながら席に着く。

おはようもいただきますもなく、朝食が始まる。

その向かいに座り、重光も同じ朝食を取る。玉子焼きを箸でつまみ、口の中に運ぶ。うん、うまい。

会心のできだが、目の前の上司の反応はない。いつも重光が用意したものを、新聞を読みながら黙々と咀嚼《そしゃく》するだけだ。うまいともまずいとも言わない。味覚障害があり、あまり味を感じないからだ。

まあ、この人の場合、味覚が正常でも、何も言わないでしょうがね。

尽くし甲斐のない上司だが、それはとうに諦めている。この人に朝食を作る作業があるからこそ、自分も健康的な食事を毎朝取れているのだと、前向きに考えることにしている。咀嚼する音と、茶碗を置く音と、新聞をめくる音。朝の食卓は静かなものだ。

仕事上、話したいことは常に山ほどあるのだが、家では極力その話はしないようにしている。朝食時は一言も話さない日もあった。

だが。

「部屋は」

新聞の向こうから、突然声をかけられる。

ばさりと新聞を雑に折り畳み、テーブルの脇に置きながら利章が言う。

「樹《いつき》の部屋は、どうなったんだ」

朝食の時にこの人が言葉を発するのは珍しい。これは相当気になってるな、と思いながら答えた。

「まだ連絡はありませんよ」

樹が引っ越すために物件を探し始めた、という情報を重光が入手したのは一週間前。それから日が経つごとに、利章はどことなく落ち着きをなくしている。

「樹に任せて大丈夫なのか。あいつはマンションのことなど知らないだろう」

まるで初めて一人暮らしをする大学生の親のようである。

樹と和解した一件以来、憑《つ》きものが落ちたように樹へのわだかまりが消えているのはいいことだが、今度は余計な干渉をする親になりつつある。

「やはりお前がリストアップして渡してやった方が」

「会長」

眼鏡のブリッジを中指で押し上げながら、重光は進言した。

「樹さんはもう立派な社会人です。樹さんが自分で決めたいとおっしゃっているのですから、それを信じて今は待つべきです」

「待っただろうが。なのになぜ決まらない？　七日もあれば充分だろう」

あんたみたいに部下が大勢いるわけじゃないんですから、そんなに即決しませんよと思いながら、目の前の男をなだめにかかった。

「家賃がより手頃な物件をお探しのようですから、時間がかかるのでしょう」

「家賃？　……樹はそんなものを気にしているのか？」

いや、賃貸住宅選びにおいて、基本、最重要事項はそれですから。

「言っておきますが、うちのグループが保有しているマンションを安く貸す、なんて特別措置は却下ですからね」

「そんな真似はせん」

当たり前だろう、という顔をするので、さすがにそれはわかっているかと思いきや。

「私が所有しているものを一つ、マンションごと樹にくれてやればいい。そうすれば家賃の問題も住宅の問題も解決する」

　これで何も問題はなかろう、という顔をする上司を見て、頭が痛くなってくる。樹は父である利章から今度こそ自立するために、利章が——重光に命令して——選んだマンションから引っ越すと言っているのに、それではなんの意味もない。

「会長、樹さんのお気持ち、本当にわかっていますか？」

「わかっているとも。自立したいんだろう？　樹のものを樹が使うなら、自立だ」

　世の中に、こんな押しつけがましい自立はきっとないだろうと重光は思う。

「樹さんは、高宮の力を借りずに生活を立て直したいとおっしゃっているのです。とにかく、今は会長が口を出すべきではありません」

「しかし妙なところに住まれても困るだろう。何かあってからでは……」

「大丈夫ですよ。樹さんには津々倉《つづくら》もついていることですし」

「……」

　その名を出した途端《とたん》、利章はぶすっとした顔になった。

　気に入らないのはわかるが、自分の秘書になる男の名を聞いて、その反応はないだろうと言いたい。

　そう、津々倉は今日から、利章の秘書になる予定だった。

　表向きは、重光の入院をきっかけに業務量を見直した結果、重光の補佐として秘書を一人増やすことになった、というのが理由だが、本当のところは、津々倉をそばに置いておけば樹の動向を探れる、というのが主目的なのは間違いないだろう。

息子かわいさに、その彼氏を自分の部下にするって、どれだけ大人げないんだと目を覆《おお》うばかりなのだが、重光は楽になるので、この件に関しては静観する方針だった。

「それより会長、それ、残さないように」

朝のさわやかな日差しが、重光の眼鏡のレンズを鋭《するど》く光らせる。

利章のひじきの煮物が半分以上残っている。それを指摘したのだが、もういらん、という反抗的な目をされた。

四十八にもなって、その子供のような態度はどうなのだろうか。

「糖尿病と高血圧の予備群なんですから、ひじきは必要なんです。好き嫌いしてると早死にしますよ」

「長生きしたらボケるぞ」

「大丈夫でございます。私がわからなくなった時点で、事故を装《よそお》ってばっさり葬《ほうむ》って差し上げますので」

いいから私が笑っているうちに喉《のど》に流し込めと笑顔で睨《にら》み返したが、よほどご機嫌斜めだったようで、当てつけのように四分の一ぐらい残して、新聞を持ってトイレに入っていった。やれやれと思いながら、重光は携帯端末を取り出し、津々倉に電話をかけた。

実のところ、あの馬鹿親の心配は当たっていた。

一体どこで探してきたのか、樹が見つけてきたのは、築四十三年のボロアパートで、都内で二DKで四万三千円という、壮絶《そうぜつ》な物件だったのだ。

「……で、引っ越しの件は、あれからどうなったんです」

樹と一緒に暮らしている津々倉に探りを入れる。今日会社で会うが、利章がその場にいるとややこしいので、電話で聞くことにした。

『昨日、検討物件の相場を十万円まで引き上げていただきました』

重光は眉《まゆ》を寄せた。倍になったところで、利章が納得する水準には遠く及ばない。

「それでセキュリティ対策のしっかりした物件を探せるんですか？」

『難しいでしょうね』

予想通りの返事に、ため息をついた。

樹は利章と今までのわだかまりを清算したことで、高宮の御曹司という肩書きから解放された気分でいるのだろうが、実際は、世間的にも戸籍上も、れっきとした高宮の御曹司である。しかも父親の利章が樹を息子だと認めたのだから、樹が高宮の後継者になる話が再び浮上するのは時間の問題だと重光は見ている。

樹は高宮と血のつながりはないのだからと、身の丈に合った生活をしたいと考えたのだろうが、残念ながら、樹は利章と和解したことで、押しも押されもせぬ高宮の御曹司になった、と言う方が正しかった。

「セキュリティの不安がある場所に、樹さんを住まわせられると思いますか？　というか、執事時代の退職金がたんまりあるんですから、家賃ぐらい津々倉が出せばいいでしょう」

『そう申し上げているのですが、樹様ががんとして聞き入れてくださらないのです』

樹の性格を考えるとさもありなんと思いながらも、そこは貴方ががんばりなさいよと言いたくなる。

「ベッドでかわいくお願い♥とかできないんですか？　かわいくでも激しくでもいいですけど」

『どちらかというと、それをして余計悪化しました』

携帯端末を一瞬離し、チッと舌打ちする。使えない男め。

「執事なら、テクで主人を思うように操れなくてどうするんです」

『一応言っておきますが、重光さんの主人に対する心構えと俺の心構えは、相容《あいい》れないものがあります』

真面目な男である。自分が仕える相手に対して腹黒さの欠片もないなんて、重光には考えられないあり方だ。

『俺としては、樹様が気兼ねなく暮らせるのであれば、今は十万円の物件でもよいと考えています。セキュリティ対策が整っているからと言って、安全とは限りませんし。治安に問題のない立地ならよいのではないかと。俺もついていますし』

まあ、それはその通りなのだ。

通り一遍のセキュリティなんかより、津々倉が一人ついている方がよっぽど安全性は高い。今までの職業柄、主人を守ることが生き甲斐のような男だし、どちらかというと、大事にしすぎて樹を安全な檻《おり》の中に閉じ込めてしまわないか心配した方がいいぐらいだ。

というわけで、セキュリティの心配はしていない。問題は、あの馬鹿親をどうやって納得させるかだ。

「一度そちらに伺って、樹さんとお話しさせてもらっても？」

『今はやめた方がいいです。説得するにしても、もう少し時間を置いた方がいいと思います。一週間ぐらいは』

そう言われては仕方なく、わかりましたと電話を切る。

一週間……。あの馬鹿親が保つかな……。

思っているうちに眉間にしわが寄り、いけませんねと指でしわをマッサージする重光だ。

それから慌ただしく出勤の準備を済ませ、利章と一緒にマンションを出る。

利章は、さっきまではただの寝起きのオヤジだったが、身繕いをしてオーダーメイドのスーツに身を包むと、途端に風格が出るのだから不思議なものだ。

彫りの深い顔立ちで、中年ながらなかなかの男前だ。身長は重光より五センチ高い百八十で、姿勢は美しく、見ていて背筋が伸びる思いがする。ちなみに体重は標準の範囲を保っている。今のところ。

駐車場に下り、重光が車の運転席に座り、利章はその後ろの席に座る。利章には専属の運転手がついているので、会社以外の場所に直行する日はその運転手が迎えにくるが、それ以外の日は重光が利章を乗せて会社まで運転していた。

そうなったいきさつはごく単純だ。重光が、「どうせですから私が会社まで送りましょうか？」と言ったら、運転手などどうでもいい利章が、「そうか。じゃあそうしてくれ」と言ったのでこうなった。

走行中の車内は静かだ。高宮グループの頂点に君臨する方をお乗せするのだから、当然、高級車である。万一、衝突事故が起きても、絶対に力負けしないという頑丈さを最重要視して購入した。

その静かな車内で、後ろにいる利章がぼそりと聞いてくる。

「なあ、樹は、津々倉に……その、される側なのか」

思いも寄らない質問に心中驚いた。この人が、そんな下世話な話を自分からするとは。

「知りませんよ。ご自分で樹さんにお聞きになればいかがです？」

「お前のゲイとしての勘を聞いているんだ」

はっ、と思わず息を吐くように笑いがもれる。

覚えていたんですか、私がゲイだってこと。

あまりに無防備なので、もう忘れているのかと思っていましたよ。

「そうですね。私がどちらかを当てられれば、私の勘をお教えしてもよろしいですが？」

「お前か？　される側だろう」

「……」

二分の一を間違えたよ。しかも自信満々に。

赤信号にブレーキをかけて沈黙していると、利章が納得いかなそうな声を出す。

「なんだ、お前する方なのか。そんなにひ弱なのに」

いやいやいや。あんたを押し倒すぐらいの力はありますから。

その言葉が喉まで出かかったが、かろうじて止めた。

というか、一度入院したぐらいで、ひ弱認定はやめていただきたい。

「ふん、ゲイの世界はわからんな。お前にやられたい男がいるのか。気が知れん」

「……」

なにげに傷つきましたよ、今の言葉。

わかってますけど、そこまで眼中になしですか。

重光が運転手を申し出た理由。それは、無愛想でつっけんどんな利章が、車内だと普段よりくだらない雑談をするという法則に気づいたからだ。

……本当に我ながら、健気だ。

もし自分のような行動を取る男が自分の前に現れたなら、たまらなくかわいいだろう。ただし眼中になければ超絶痛い。

ああなぜ、こんなろくでもない男に惚れる羽目になったのか。我が人生において痛恨のミスだ。

この人との出会いなら、昨日のことのように思い出せる。

重光が利章に引き抜かれた理由は他でもない、ゲイだったからだ。

「私が女の秘書を使うと、妻《あれ》がいらん嫉妬《しっと》で不安になる。しかし男の秘書など使ったら、いつ妻に色目を使われるかわかったものじゃない。だからゲイの秘書を探していた。それならなんの問題もないからな。どうだ、提示した条件は悪くないはずだが？」

その不遜《ふそん》な物言いに、重光は鼻で笑いそうになった。

なぜそこで、そのゲイの秘書が利章に惚れる可能性を考えないのか。ゲイを同じ人間だと思っていない証拠だ。

そんな上司の下で働くなどごめんだ、となるはずだったのだが、確かに提示された条件はかなりよかったし、何より顔が好みだった。

いい金がもらえて、目の保養になる。仕事なら悪くない。

そう思って話を受けた。人生を誤った瞬間だった。

秘書になって傍で見ていると、利章は実に傲慢《ごうまん》で俺様な男だった。

特に奥方に対する態度は俺様を通り越してどこの王侯貴族だという状態で、妻は完全に所有物扱い、「お前は黙って、ベッドの上で足を開いていればいい」と面と向かって妻に言い放つような御仁だった。

しかし妻の文香《ふみか》は、そんなぞんざいな愛情でも汲み取れる女性で、もうこの駄目男を見捨てずに愛せるのは貴女しかいないという、世にも希《まれ》な貴重種だった。

彼女とは仲良くなった。自分は仕事なので毎日のように利章を見ているし、彼女も夫を中心に世界が回っている人だったので、話題には事欠かなかった。こんなことがあった、あんなことがあったと利章のことを彼女にチクると、彼女は恋する乙女のように喜んだ。

それを見て、嫉妬する利章を見るのがまた面白かった。

仕事は忙しかったがやり甲斐はあり、利章と文香を見守るのは密かな楽しみだった。だが、それから文香は病気で亡くなった。

その途端、あの自信にあふれた傲岸不遜の俺様が、がっくりと肩を落とした。所有物扱いだったくせに文香のことが忘れられず、再婚もできない。それどころか味覚障害まで引き起こす有様《ありさま》だ。

その、これでもかという凋落《ちょうらく》ぶりに、きゅーんとやられてしまったのだ。

それから数年が経つが、一向に報われる気配はない。

これだけ尽くしているのだから、もう十発ぐらいヤらせてくれてもいいぐらいだと益体《やくたい》もないことを考えながら、今日も重光は会社まで車を走らせるのだった。

会社に着くと、間を置かずに、津々倉も出社してきた。

執事姿の方が見慣れているが、スーツ姿もよく似合う、凛々《りり》しい男前である。以前はいつも悲哀《ひあい》を背負っていたが、その寂《さび》しげな雰囲気は消えている。ただ、別に楽しそうにもしていない。

まあ、今から顔を合わせる人間のことを考えると、そうでしょうけど。

「重光さん、これからお世話になります」

「いえいえ、こちらこそ、津々倉が来てくれれば大助かりです。ああ、会長、津々倉が来ましたよ」

ちょうど会長室から出てきた利章を呼び止めると、二人は睨み合って対峙《たいじ》した。この二人が顔を合わせるのは、津々倉が一芝居打って、利章が津々倉を殴って以来である。

「利章様、これからこちらでお世話になります。至らないところもあるかと思いますが」

「ここは会社だ」

津々倉の挨拶《あいさつ》を遮《さえぎ》って、利章が口を開く。高宮グループのトップという、威厳《いげん》に満ちた重々しい声だ。

「ここでは、私のことは会長と呼べ」

「……失礼いたしました」

「お前に来てもらったのは、優秀だからだ。親父のプライベートな秘書のようなものだったしな。その働きぶりは評価している。ただ、言っておくが、親父に向けていたような忠誠はいらん。仕事としてきっちりやってくれればいい」

「はい」

大人げない我が会長にしては、意外とまともなやり取りである。津々倉にはめられた件はご立腹だろうが、あの茶番を招いたのは自分だったという反省はしているようである。しょうもないことを言うようなら横から小突こうと思っていたのだが、その出番もなく、初顔合わせは無事終わるかに見えた……が。

「お前に期待するのは重光の補佐だ。頼んだぞ、行尋《ゆきひろ》」

その呼びかけに、びくぅっ、と津々倉は反応した。

ああ、と重光は思った。

利章の声は父親と似ている。その声で、行尋、などと呼ばれては、全身がそそけ立つのだろう。

しかも、普段は「お前」と呼ぶのに、何かある時だけ下の名前で呼ぶ。呼び名に関して、利章は父親と同じパターンなのだ。

天敵に近い人間が、大事な旦那様を思い出させるという、このジレンマ。

「どうした？」

「いえ……」

言った本人はまったく気づくことなく、その場を去っていく。それを見送りながら、津々倉が低く問うた。

「……重光さん」

「はい、なんでしょう」

「会社だから名前で呼ぶなと言われたのに、なぜ俺は名前で呼ばれるのでしょうか」

「ああそれは、あの人、名前で呼ばれたのが気に食わなかったんじゃなくて、様づけされたのがお気に召さなかったんですよ。利章様、なんて呼ばれて嬉しい相手は、奥方だけだったようですので」

「ああ、なるほど」

納得して、津々倉は眉を寄せた。

「その翻訳機能、何年ぐらいで獲得なさったんです？」

「何年ですかねぇ。まぁ、あの人相手だと、気の遠くなるような時間が必要でしょうから、気長に構えてください」

「……わかりました」

小さく肩を落とす津々倉を、同僚の先輩としてなだめる重光である。

まあ、津々倉を職場に迎えるに当たって、津々倉のことは何も心配していなかったが、我が会長が特に問題ない態度だったのでよかったよかったと思っていた午後、事件は起きた。

重光が書類を届けに無人の会長室に入ったところ、ふとゴミ箱の中身が目にとまった。ちまたにはあふれているが、会長室にはあるはずのない、チョコレートの大袋のパッケージ。なぜこんなものがと思って手に取ると、下にアーモンド入りやら、ピーナッツ入りやら、なんとかショコラやらのチョコレートの大袋が何個も見えた。もちろんすべて空で、チョコを包んでいた個包装が大量に捨ててある。

何が起こったのか、重光には瞬時に理解できた。

利章は食品を自分で購入するということは一切しない。正真正銘《しょうしんしょうめい》のセレブだし、亡き妻の愛情と献身の結果、食べ物は誰かが自分のために用意するものだと思っているからだ。

重光はつかつかと、書類棚の位置を確認していた津々倉に歩み寄った。

「津々倉、会長からチョコレートを買ってくるように言われませんでしたか？」

「ああ、はい。なんでもいいので適当に買ってこいと言われて、近くのコンビニで調達して渡しましたが」

実に予想通りの答えだった。

重光に言っても無駄なのがわかっているので、何も知らない津々倉に買いにいかせたわけだ。重光が席を外している時を狙って。

「……なんで渡すんですか」

「いえ、なんでと言われましても」

「あの人にお菓子を大量に与えたりしたら駄目ですっ」

「え、あの……会長も大人なわけですし……？」

「あの人を大人だと思ってはいけません！」

そんな馬鹿なという顔を津々倉はするが、甘い。甘すぎる。

「貴方の買ってきたチョコレート、会長、ぜんっぶ食べてましたよっ」

「え？　あれを全部ですか？」

静かに事件が起こっていたことにようやく気づいたのか、津々倉は目を瞠《みは》った。

「いやしかし、会長は味覚障害なのでは？　チョコレートの味などわかるのですか？」

「味はうっすらとはわかりますし、あの人はチョコレートの食感が好きなんですよっ」

「しかし……あれを一度に全部？　それは摂食障害なのでは……？」

「摂食障害まではいきませんが、ストレスでどか食いする時があるんですよ、あの人は」

「……すごいですね。確か一袋二百グラムほどでしたから、五袋買ったので、一キロ？」

途端、重光の顔がぴしりと強《こわ》ばった。

「一キロ……？」

まるで末期ガンでも見つかったように、絶望的につぶやく。

どか食いをした場合、全部が消化されるわけではないので、体重に一キロすべて蓄積されるわけではないとわかってはいるが、増えるのは確かだ。そして、そんな所業を一度許すと、また繰り返す。そうなった時にその増えた体重を元に戻すのに、重光がどれだけ苦労しなければならないか。

過去の辛酸《しんさん》が走馬灯《そうまとう》のように頭を駆《か》け巡り、重光の怒りゲージはぎゅいんと急上昇した。

——それから。

「チョコレートを一キロもどか食いするって、どういうことです⁉」

「食べたから、なんだ。死ぬわけじゃない」

「致死量食べなきゃいいって、どんな最低ラインですか⁉」

「お前はいちいち小言が多くてかなわん」

「はぁ⁉　そもそもっ、私に隠れてこういうことをするのが腹立つんです！」

「たまたまお前がいなかっただけだ」

「小学生ですかっ‼」

喫煙室で見つけた利章と不毛な言い合いを繰り広げた結果、重光の怒りはさらに雪だるま式に膨《ふく》れ上がり、最後は利章をトイレに連行して吐かせた。

重光が忍耐をもってこの駄目男の世話を続けられるのは、かろうじて外見がいいからである。今後も職務を遂行するために、腹のラインだけは死守しなければならなかったのだと胸を張って言えるのだが、その一部始終を見ていた津々倉は、最後まで無言だった。

その夜、重光は早めに残業を切り上げ、利章を連れてホテルに向かっていた。

その高層ホテルの最上階に、美しい夜景が広がる、おいしいレストランがあるのだ。デートコースのようなシチュエーションだが、そうではない。今宵、味覚障害の利章と夕食をともにするのは、息子の樹だ。

数日前、一度親子で食事をしようと利章が樹に連絡を取り、実現した食事会である。

「お前、樹に連絡を取れ」と言われ、自分で電話しろと重光が突っぱねた経緯はあるが。

重光が利章をホテルに連れてきたところで、向こうから津々倉を伴った樹がやってきた。

食事のために着替えたのだろう。衣装持ちの樹のワードローブの中でも、最も上質な部類と思われるスーツを身につけ、胸にはポケットチーフを挿《さ》している。重光は、ほぅ、と感嘆のため息をついた。

以前から樹はお洒落《しゃれ》だったが、今はそれだけではない、ワンランク上の青年に見える。利章に認められたいという焦《あせ》りが消え、地に足が着いたのだろう。樹は歓迎しないかもしれないが、過去のどの時点よりも、高宮の御曹司という風格があった。

「じゃあ、重光さん、すみません」

「ええ、お気になさらず。どうぞごゆっくり」

樹はこちらに一礼して、利章とともにホテルのエレベータに消えていく。あの二人で話の間が保つのか、という気がかりはあるものの、九割方沈黙だったとしても、それはそれで意味はあるだろう。

「我々も食事にしますか」

「はい」

重光も津々倉とともにホテルに入った。最上階の高級レストランではなく、そこそこのレストランに入り、適当にメニューを注文する。重光は仕事帰りだし、津々倉は樹を迎えにいったん帰宅したが着替えはしていないので、どちらも背広姿のままだ。

「会長とは、これからうまくやっていけそうですか?」

「そうですね。意外に俺を毛嫌いなさらないので、驚いています」

「あの人、相手に好かれてようが嫌われてようが、意に介さないんですよ」

「ああ、そんな感じですね。それもすごいと思いますけど」

「しかし、あの会長の秘書をよく引き受けましたよね。それはやはり、名誉会長の遺言があるからですか？」

「いいえ、俺がしたかったからです」

津々倉はきっぱりと言い切った。

「利章様は俺を通じて、樹様の様子を知りたいのでしょう。その意図はわかっています。それでも、俺が秘書になることで、樹様と利章様の関係を改善できることもあると思い、話を受けさせていただきました」

「なるほど？　ですが、会長はあの通りの人ですから、貴方を介して樹さんにいろいろとメッセージを伝えようとするかもしれませんよ。たとえば、高宮の後継者になる話とか」

「それも承知の上です。俺自身はそういう話に否定的ではありませんが、樹様の気持ちの整理がつくまでは、高宮とは関係のない場所にいさせて差し上げたい。それも俺が秘書を引き受けた理由です。利章《てき》様の動向を知るためにも、これより最適なポジションはないと思いますから」

重光は笑った。予想以上にいい答えだ。これは少々、津々倉を見くびっていたようだ。

それから食事が運ばれてきて、食べながら話をした。

「それにしても、今日一番驚いたのは、利章様じゃなくて重光さんの言動ですよ。自分の主に対して、よくああいうことができますね」

「あの人は、尊敬したり、まともな大人として扱ってはいけない人なので」

「そこまで言うんですか」

「そっちこそ、樹さんとはうまくいっているんですか？」

うまくいっていますよ、というリアクションしか返ってこないものと思っていたのだが、津々倉は沈黙した。

津々倉から樹の情報を得られる、というのは何も、津々倉が樹のことをぺらぺら話すのを待つのみではない。二人は恋人なのだから、津々倉が幸せそうにしていれば樹も幸せだろうし、逆もしかりだ。そのバロメータとして見ると、職場に現れた津々倉は、利章のせいにしても浮かない顔をしていて、気にはなっていた。

これはまた、何かトラブルですかね。

名誉会長を亡くした悲しみが、ぶり返してきたとか。

ナイフを美しく閃《ひらめ》かせてステーキの肉を切り分けながら、相手がしゃべるのを待っていると、津々倉は憂《うれ》いを帯びた声でぽつりと言った。

「樹様が、今日からバイトを始められたんです。短期ですが」

「へえ、いいじゃないですか、バイト。樹さんは、会長に有益だと認められることだけがすべてで、それ以外のことにかまけている暇はない、みたいなところがありましたからね。

心に余裕が出てきたということでしょう。いい傾向です」

きっと津々倉の存在が樹さんの気持ちを柔軟にしているのでしょう、と言おうとしたのだが、本人は目の前でずーんと沈んでいる。

「そう、ですよね……いい傾向……ですよね……」

「そうじゃないんですか？」

「いえ、俺もそう思うのですが……」

では何が問題なのだろう。

ステーキを口に運びながら続きを待っていると、津々倉はしょげたオーラを放ちながら言った。

「そのバイト先というのが、樹様の友人の父親の会社なんです」

「……それで？」

「その友人は樹様ととても仲がいいんです。以前はそうでもなかったようですが、最近、距離が縮まっていて、それが今回、短期といえど、樹様と一緒に働くようになると思うと……樹様にとってはいいことだとわかっていますが、俺は……」

途端、重光は噴き出していた。

笑っていいだろうか。いやもう笑っているのだが。

深刻な悩みを話しているのに爆笑されて、津々倉はあっけに取られているようだったが、これが笑わずにいられれようか。

「ああ、失礼。樹さんの浮気を心配してるってことですか？」

「違いますっ。樹様はそのようなことをなさる方ではありません！　俺が心配しているのは、その友人の方が樹様に懸想《けそう》をしないかということで……っ」

「その友人はゲイなんですか？」

「いえ、違います」

「じゃあ、大丈夫でしょう」

「……以前、樹様にその懸念を伝えた時にも同じように言われたのですが、あの男は油断ならないのです。樹様を見る目が優しすぎる」

もはや完璧に恋する男である。

この笑える焼き餅をいつまでも聞いていてもいいのだが、一つだけアドバイスした。

「それ、樹さんにそのまま言えば、喜ぶと思いますよ？」

「……なぜです？　樹様は友人にそんな危惧《きぐ》は感じていないのです。なのに俺が懸念を伝えても、鬱陶《うっとう》しがることはあれ、喜ぶはずはないと思うのですが」

理詰めの返事に、重光はため息交じりに笑った。

確かに友人との関係を過剰に心配されてもうざいだろうが、それ以上に、嫉妬するほど好かれているのだと知れば、樹はめちゃくちゃ喜ぶだろうに。

わかってないなぁ、と思う。

あの、父親に認められることがすべてだった樹が、同性である津々倉と一緒に暮らすと父親に伝えたことが、どれほどの決意なのか。

そりゃ津々倉はわかりやすく百パーセント樹さんに救われてますけど、樹さんだって、貴方の存在に充分救われてると思いますよ。

——と言ってもいいのだが、その辺を教えるのは津々倉の恋人である樹の醍醐味《だいごみ》だと思うので、重光は黙っておくことにした。

「まあ新たな悩みはあるでしょうけど、大丈夫ですよ。少なくとも、今度の主は津々倉より若いんですから、いつ主を亡くすかという恒常的な不安はなくなったでしょう？」

「……そうですね。本当にそれは、ありがたいです」

しみじみと噛《か》み締めるように津々倉は言う。

主を亡くす不安が常に頭の片隅にある状態で生きてきた津々倉にとって、樹が年下だという事実は、心安らげる大きな材料なのだろう。

「その辺り、重光さんはどうお考えなのですか」

「はい？」

「利章様とは十歳の年の差がおありですよね。それは基本的に、利章様の方が十年先に亡くなるということだと思いますが」

いくら利章でも、老衰《ろうすい》するのはまだまだ先だというのに、そんなことを津々倉は真剣に聞いてくる。重光は苦笑した。

「言っておきますが、私は執事でも恋人でもなく、ただの雇われ秘書ですよ？　そんな、今生の別れ以前に、定年退職でお役御免《やくごめん》です」

「ですが、利章様なら、代えるのが面倒だとか言って、重光さんの雇用を延長するのでは？　それどころか、たとえ引退なさっても、どうせ一人では何もできないでしょうから、プライベートの秘書になれとか平然と言いそうですけど」

「……」

ものすごく想像できる未来である。が。

「私はあの人が死ぬまで、何歳になっても働き詰めなんですか」

「……不満なんですか？」

その、主が死ぬまで仕えて当然という大前提はどうなのだろうか。私はあくまでサラリーマンなんですけど、と思いながら重光は答えた。

「十年先？　いいんじゃないですか？　私は目の前からいなくなれば、未練なんてありませんよ。下手に見えるところにいるから世話を焼かないといけないんです。退職すれば、意外と清々するんじゃないですかね」

「……そういうものですか」

「私は貴方のような忠臣タイプじゃありませんから」

料理をきれいに平らげ、テーブルナプキンで口元をぬぐう。

さて、退職後の話はさておき、今は現役の秘書なのだ。

上司が朝、ぶつくさ言っていた懸案をなんとかする機会を無駄にすることもない。さっきの会話から解決策が見えてきたこともあり、重光はそれとなく交渉を開始した。

「それにしても、津々倉は本当に、樹さんのことが好きなんですね」

「はい」

「気分的には、なんでもして差し上げたいところでしょう？」

「ええ、本当に。俺にできることでしたら、どんなことでも」

「となるとやはり、樹さんに金銭的に頼ってもらえないのは歯がゆいですよね」

「……はい」

津々倉は深く同意した。いい反応だ。

「ですが正直なところ、マンションの家賃の件は、樹さんが頑なというよりは、津々倉の押しが足りないように、私には見受けられますけど？」

「……」

その自覚はあるのか、津々倉は黙り込む。

多分、津々倉は執事としての行動規範が染みついていて、主人である樹が「こう」と言えば、それを最大限尊重する方針になるのだろう。先ほどのバイトの話を聞いていても、基本的にはそう感じた。

それも悪くはないが、重光に言わせれば、主人に対して従順なだけではやってられない。

「樹さんには、家賃の件、どのように説得しようとしたんです？」

「……俺が今まで働いた結果として得た金ですから、樹様と一緒にいい物件に住むために使えるなら何も惜しくないですし、そういう形で樹様に頼っていただけるなら、俺も嬉しいとお伝えしましたが」

やはり理詰めだ。そして、プレゼンテーションが正攻法すぎる。

「いいですか、大切なのは結果です。築四十三年のボロアパートで交通の便が悪くて防音がなってなくて毎晩隣を気にしながら事に及ぶ暮らしと、新しくきれいな物件で、便利で快適な生活を送りながら毎晩ラブラブな生活と、樹さんにとってどちらが幸せですか？」

「それは、後者だと思いますが……」

「それなら、樹さんが納得できるように話を持っていくのも一つの愛ではないですか？　津々倉にはそれが足りないんですよ」

津々倉は半信半疑ながらも、続きを聞きたそうに身を乗り出してきた。津々倉だって、家賃の件はなんとかしたいのだろう。

「……何か考えがあるのですか？」

「ええ、よい方法があります」

重光は獲物《えもの》の食いつきを確認し、きらんと眼鏡を光らせた。


ホテルでの食事が終わり、重光は利章を車に乗せて自宅マンションに向かっていた。

「樹さんとの食事は、いかがでしたか？」

「別に、普通だ」

腕組みをしてそっけなく答える背後の人に、重光は笑う。

「九割方、沈黙だったんじゃないですか？」

「私は沈黙など気にしない」

そうですか。きっと樹さんは気にしていましたよ。お気の毒に。

「でもまあ……お疲れ様です、会長」

心からそう言うと、利章は気に入らなそうに、バックミラー越しに睨みつけてくる。

「息子と食事をするのに、何が疲れると言うんだ」

「その息子との食事を何年も避けてきた人が言っても、やせ我慢《がまん》のようにしか聞こえませんよ」

「……」

「貴方のようにプライドが高いと大変ですねぇ。どうせ、ちゃんと味わっているように食べてみせたんでしょう？　樹さんにだって少しは心配をかけた方が、うまくいくと思いますがね」

「普通に食べただけだ。小細工《こざいく》などしていない」

「はいはい」

そんな他愛のないことを話しながら、自宅マンションにたどり着いた。

ここでも、重光は自分の部屋には帰らず、隣の利章の部屋に一緒に入る。利章の部屋にはハウスキーパーが毎日通っているので、重光がすることは特にない。朝食の片付けも、風呂の用意さえもできている。

それでも、利章を乗せて帰った日は、一緒に部屋に入り、利章の脱いだ服を受け取ってハンガーにかけ、部屋着に着替えた利章におやすみの挨拶をしてから隣に帰るのが習慣になっている。樹や津々倉に、執事のような秘書だと思われているようだが、こういうことをしているのが一因かもしれなかった。

その時、重光の携帯端末が鳴った。早かったなと思いながら、持っていた利章の背広をハンガーにかけ、隣の部屋に移動して電話に出た。

しばらく通話したあと、重光は利章のもとに戻ってきた。

「会長、いい知らせです。樹さんのマンションの件ですが、安い物件にはこだわらないことになったと津々倉から連絡がありました。津々倉が作成したリストから物件を選ぶそうですから、近いうちに樹さんの引っ越し先は決まりますよ」

よかったですねと言うと、利章は眉根を寄せた。急になぜ進展したのか、と問いたげだ。

「津々倉がうまく説得したようですよ。一時的に家賃を津々倉が払うことになったら、樹さんが出世払いするということで、樹さんはご納得されたとか」

「さっき樹と話した時には、まだ悩んでいるから引っ越し先が決まるのは当分先だという話だったが」

これには思わず目を瞠った。この会長がそんな懸案を息子ときちんと話し合っていたとは驚きだ。

「何をした」

上司に訝《いぶか》しそうに問われ、重光は肩をすくめた。

「津々倉に一言、言ってもらったんですよ。『多忙な会長が、樹さんのマンションの心配もあって、会社で吐いた』と」

「……」

無言で見下ろしてくる利章の顔を見て、重光はしてやったりと笑みを浮かべた。

「……お前が吐かせたんだろうが」

「どういう経緯があったにせよ、『会社で吐いた』のは事実でしょう」

樹が意向を変更したのは、基本的には津々倉の気持ちが伝わったからだろう。樹だって自分の主張と津々倉の主張の間でいろいろ考えていたに違いない。そういう状況なら、案外、ちょっとしたきっかけで結論は変わる。

そのきっかけに、我が会長をネタに使ったというわけだ。

「これで朝おっしゃっていた会長の心配事は解消したかと思いますが、何かご不満が？」

「樹のことと、会社で吐いたことに因果関係がない」

普段は人を謀《たばか》ることなど屁とも思わない人なのだが、樹と和解して間もないからか、意外にも樹に嘘をつくのは抵抗があったようだ。それはそれでいいことだが。

「因果関係？　ありますよ。そもそも、吐くことになったチョコレートをどか食いした理由が、それですよね？」

「……」

利章は沈黙している。バレていないとでも思っていたのか。

違いますか？　とさらに聞くと、利章は苦虫を噛み潰したような顔になった。

「……だから、なんだ」

あ、認めた。

「親父は死ぬし、血のつながらない息子と向き合えるようになったと思ったら、自分が送り込んだ監視役とデキて、さらに嫁にいくから引っ越すとかいう話が持ち上がったら、ナーバスにもなるだろうがっ」

　ああ、そういう理由でしたか。

　監視役のくだりは自業自得だが、確かに嫁にいく感じですよねとちょっとだけ同情していると、利章は髪をぐしゃぐしゃとかきむしり、不機嫌マックスな顔で聞いてきた。

「その話はもういい。それより、行尋は使えそうなのか？」

「え？」

「え、ではない。お前のために補佐にしたんだ」

「……使えないわけがないでしょう。最高の人材ですよ」

「ならいい」

「……」

　聞き流しそうだが、ふと引っかかる。

　お前のために補佐にした？

「あの、津々倉を雇ったのって、本当に、私の補佐のためだったんですか？」

「そうだと言っているだろう」

「いや、でも、え？」

　さっき利章の口から聞いたどか食い理由を反芻《はんすう》し、そういう流れか、と理解する。

老親が死に、息子が独り立ちするという、別れを意識する出来事が二つも重なり、そういえば秘書が入院したから、倒れないように補強しとこうっていう――。

「大体、他になんの理由があるんだ」

仏頂面《ぶっちょうづら》で聞かれ、重光は苦笑する。

「いえ、津々倉を介して、樹さんの動向を探りたいのかと」

「それはついでだ。一番はお前のことだ」

その一言で、ずっきゅーん、ときてしまう。

その気なんてないくせに。あんた、それは反則でしょう。

……初めてですね。

ゲイだから雇ったけど、妻が亡くなって、もうゲイの秘書である必要はなくなって。

その上で、私を必要だと、態度で示してくれたのは。

津々倉との会話がふと思い浮かぶ。

この人が死ぬまで、この人のために働くことになっても、悪くはない。というより多分、自分からこの人のもとを離れるのは無理だろうなと思う。

ついでにもう一つ朝の会話を思い出し、重光は微笑を浮かべて言った。

「ボケたら殺すと言いましたけど」

「……ああ？」

「あれは嘘でございます。私がわからなくなってもお世話しますよ。会長がその時まで、私をそばに置いてくださっていたなら」

この人にはわからないだろうけど、密かなプロポーズのつもりだったが。

「嫌なことを言うな」

利章の彫りの深い顔が歪《ゆが》む。

思いっきり顔をしかめて、否定された。

「お前が言うと、その通りになりそうで不吉だ。そんな事態になるぐらいなら、さっさと糖尿病と高血圧で死んだ方がマシだ」

「……」

この男。

空気が読めないにもほどがあるだろうが。

せっかく人が、密かにプロポーズをしたら、ここぞとばかりに全力で断りやがって。

ほのかな幸福感はあっさり霧散《むさん》し、重光はこめかみをひくつかせながら、ずいっと眼鏡のブリッジを押し上げた。

「……そんな死因では死なせませんよ？　私がどれだけ貴方の健康に尽くしてきたと思っているんですか？」

「私のことより、自分のことを心配した方がいいんじゃないのか、このひ弱が」

「ひ弱じゃありませんっ。今まで貴方の無茶につき合ってきたんですから、むしろ強者です！」

重光誉、三十八歳。

高宮グループの孤高の会長を、唯一操れる男。

上司の腹回りをキープし、上司のプライベートの憂いをも晴らし、数年来の苦労が報われたかと思われた彼の華麗《かれい》なる一日は、結局、犬も食わない痴話《ちわ》げんかで終わるのだった。

恋する執事は嫉妬する

津々倉行尋《つづくらゆきひろ》は、樹《いつき》と食卓を囲んで夕飯を食べていた。

「それで、空本《そらもと》がさぁ」

その名前が樹の口から飛び出すと、ぴくりとこめかみが動くのを感じる。樹がバイトの話を始めると、二言目にはその友人の名前が出てくる。そう、例のバイトだ。

樹の友人である空本から、空本の会社で短期のバイトをしないかと樹に話がきたのは、先週のことだ。

樹が津々倉による監禁で重い風邪を患い、それがようやく治ってハローワークに行こうとしていた矢先だった。樹はすぐその気になり、今週、津々倉が秘書の仕事を開始した日に、樹もそのバイトを始めた。

「そうそう、今日、見たんだ。空本が四月からいいなと思ってる、巨乳で髪の長い女子社員の子。それで、『ああ、あの子？』って言ったら、空本のやつ、妙に慌てて、『樹、それは過ぎ去った過去の若気の至りだから』とか必死に言い訳すんの。まあ、あれでも社長の息子だからね。僕にその話を社内でされちゃまずいと思ったんだろうけど、あの慌てぶりがもうおかしくって」

樹は思い出してまた笑い、津々倉も穏やかに相づちを打つものの、内心は笑えなかった。

その、空本が巨乳で髪の長い女子社員が好きだという話は覚えている。その会話を盗聴したからこそ、樹と空本に恋愛関係はないと判断し、そのように利章《としあき》に報告したからだ。

そういう後ろめたい経緯の他にも、笑えない理由がある。

樹は空本が必死に言い訳した理由を口止めのためだと思っているようだが、津々倉にはそうは思えない。

空本にとって、今は樹が気になる存在だから。

そんな可能性を否定できないでいるのだ。

空本と樹はとても仲がいい。大学時代からの友人で、樹が同性愛者だと打ち明けても、空本は引くどころか、ますます親交を深めているように見える。

片や自分は、初めてこの樹のマンションを訪れた日から数えてもつき合いは二ヶ月程度で、両思いになってからだとたったの二週間である。樹の話から空本との親密さを日々感じており、その差を早く埋めたいと焦《あせ》るばかりだ。

正直、樹が空本の会社にバイトに行くのは反対だった。だが、樹が仕事を辞め、大きな目標にしていた高宮《たかみや》の後継者となることを自ら辞退するという人生の転機にある今、周囲の支援は何よりも大切だ。樹が友人と交流を深めるのは、樹にとって非常に大事なことだとわかっている。だから樹の気持ちを尊重して反対しなかった。

そして実際、バイトに行き始めて樹は生き生きとしている。自分の選択は正しかったと津々倉は考えている。

「あ、そうだ。明日、会社の飲み会あるから」

明日は金曜。週末だ。

会社の飲み会ということは空本がいる。あの男は当然のように樹の隣に座るのだろう。行かないでください、と言いたくなるのをぐっと我慢《がまん》する。

そんな馬鹿なことを言えるわけがない。だが、あの男が樹に何かちょっかいをかけるのではないかと思うと、気が気ではなかった。

正しい選択をしたはずなのに、本当にこれでよかったのかと迷いが消えないでいた。


翌日の夜、結局津々倉は気になって、会社帰りに樹が参加する飲み会の店に向かっていた。口実としては、夜遅いので樹の迎えだ。

樹は、もう高宮の御曹司ではないからと過保護な扱いを嫌がるが、現時点でも世間的には間違いなく高宮の御曹司である。防犯的にも迎えにいくのは正しい。ただ、津々倉の目的は、飲み会後に空本が樹をどこかに連れていこうとしないか見張ることであったが。

雨の中、駐車場に着き、時間を確認する。飲み会が終わる予定時刻の一時間前だった。

最初は車内で待つつもりだったが、雨がフロントガラスを叩く中、待ち続けるのはあまり気持ちのいいものじゃない。何より樹がどんな様子でバイト先の人たちと接しているのかも気になる。

どうせ待つなら、店の中で待つか。

樹に見つからなければ邪魔にはならない。津々倉は店に入り、店内を見回した。団体客用の座敷席とカウンター席があり、座敷席には視界を遮《さえぎ》る障子《しょうじ》や衝立《ついたて》はない。樹を含む集団はすぐに見つかったが、その瞬間、津々倉の足は止まった。

樹は空本と肩を寄せ合い、とても楽しそうに笑っていた。

「お客様、こちらへどうぞ」

店員に声をかけられ、津々倉はとにかく動揺を押し隠し、店の隅《すみ》のカウンター席に腰を下ろした。そこで適当に料理を頼んでつまみながら、樹を食い入るように見た。

飲み会が始まって、もうそれなりの時間は経っているのだろう。三十人ほどいる従業員は席移動などをして、いくつかのグループに分かれて飲んでいる。しかし空本と樹はどのグループからも離れ、二人きりで飲んでいた。

とても親しそうだった。会話を盗聴したことがあるので二人の仲がいいのは知っていたが、今は表情までわかる。樹があんなにリラックスして屈託《くったく》なく笑う顔を津々倉は見たことがなく、ショックを受けた。

樹が空本のコップにビールを注ぎ、何か話している。店内は盛況で人の声であふれており、会話を聞き取るのはさすがに無理だった。やきもきしていると、空本がビールを一気にあおり、樹の肩に手を回した。

背広を脱いでいる樹の細い肩を空本の手が無造作につかむ。その光景を見て、食べていたものが気管に入りそうになった。しかもあろうことか、空本はそのまま甘えるように樹にもたれかかった。

反射的に津々倉は席を立っていた。樹が同性愛者だと知った上でのその所業はセクハラである。即座に空本を引き離すつもりでいた。飲み会に割り込んでいくのが大人げないなら、座敷席に上がらずに空本に声をかけて牽制《けんせい》するとか、いくらでもやりようはある。

ところが。

当事者の樹はちっとも嫌がっていなかった。むしろ嬉しそうに笑っている。

――。

その光景を呆然《ぼうぜん》と見つめる。

今まで当たり前に立っていた地面が、いきなりぐらりと揺れたかのようだった。

もしかして、樹は空本のことが好きなのだろうか？

空本が樹に手を出さないかという懸念ばかりしていたが、にわかに、それどころではない疑念が頭をよぎった。

実はこの一週間ほど、樹と体を重ねていない。引っ越し物件の相場を上げてもらおうとしてしたのが最後である。それ以来、しようとしてもなんとなくかわされている。

体で樹をどうにかしようとしたのが悪かったのだと深く反省はしている。ただ、ハグとキスはさせてくれるので、いずれお怒りは解《と》いてもらえるものと思っていたが、情事を避《さ》けられている理由は本当にそれだけなのか。

思えば、空本は大学からの友人でこれだけ親しいのに、同性愛者である樹が空本に好意を持っていないと考える方が不自然な気がした。それに樹は空本に同性愛者だと打ち明けている。それは紛れもなく最大級の信頼の表れだ。

そういういい関係の時に、空本の会社に呼ばれてバイトを始めた。しかも空本は社長の息子なのだから、空本が相当輝いて見える職場である。そんな環境に身を置いたことで、樹の心は急速に空本に傾きつつあるのではないか。

津々倉はすとん、と椅子に腰を下ろした。

暗い穴の中に自分が落ちていくような感覚だった。それは旦那様の意識が戻る可能性が極めて低いとわかった時の、あの底なしの絶望を思い起こさせる。

嫌だ。もう大事な人を失うのは、耐えられない。

しかし見ているうちにも空本のボディタッチはさらにエスカレートし、今や肩どころではなく樹にしっかり抱きついている。そして、樹はそれでも笑って身を任せていた。

それからどれぐらい経ったのかは、よくわからない。

とにかく、樹が席を立ってトイレに向かうのを見て、津々倉も席を立った。足早に移動し、樹の真後ろに追いつく。樹がトイレのドアノブに手をかけ、ふと後ろを振り返ろうとした直前、津々倉は樹の手に手を重ねてドアノブを回し、樹ごとトイレの中に入った。

「……っ!?」

トイレは少し広めの個室で、二人の人間が充分入れた。素早く後ろ手にドアを閉めて鍵をかけると、まずは後ろから樹を抱き締めた。後先など考えていない。とにかく一刻も早く樹をこの腕の中に収めて自分のものだと確認したかった。なのに。

「……空本？」

その確認に、衝撃を受けた。

トイレの中に入ってきて抱き締める。そんなことは普通、誰もしない。恋人の自分とて、この店に入るまで考えたこともない行動だ。

なのに、そんなことをしそうだと思える関係が空本とはあるのか？　空本と樹はもうそんな仲なのか？

さっきのボディタッチは酔っ払いのじゃれ合いだという一縷《いちる》の可能性は、この瞬間、津々倉の頭から消え去った。

腕の中の樹は、空本でないことに気づき、慌てて身をよじってこちらの顔を確認した。

「き、君……？」

その目が驚愕《きょうがく》に見開かれる。

いるはずのない恋人が、ここにいる。

浮気していた場面を見られた。まずいつぶやきを聞かれた。

そう樹が焦っているように見え、嫉妬《しっと》で頭がいっぱいになる。

この人を誰にも取られたくない。取られるわけにはいかない。

津々倉は衝動的に樹の頭の後ろをつかむと、噛《か》みつくように口づけた。

「……んんっ！」

歯列の隙間《すきま》を割って舌を入れ、喉《のど》に舌先を届かせるような勢いで奥まで侵入させる。

「ん……んっ……！」

樹が混乱している隙に、樹のワイシャツのボタンを外していく。大きく開いた襟《えり》ぐりから手を入れ、胸の尖《とが》りを指でいじった。樹がとっさに離れようと一歩下がるが、その背中は壁にぶつかった。狭いトイレで逃げる場所など最初からない。

「なっ……ちょっ……何っ……！」

小さな拒絶であっても、津々倉の心は軋《きし》みを上げた。

「嫌ですか、俺にされるのは」

逃がさない、という目で睨《にら》むように見つめると、樹は気圧《けお》されていた。

「いや……ていうか……こんな場所で……」

「トイレは二ヶ所あります。一ヶ所塞《ふさ》がっても、なんとかなります」

「いや、そうじゃなくて……どうしたんだ、君？」

こちらを見上げる樹の目には、戸惑《とまど》いの色が浮かんでいる。なぜこんな状況になっているのか、よくわからないという顔だった。

もしかして樹は、浮気現場を見られたことには気づいていないのだろうか？

いきなり津々倉がトイレに入ってきて欲情しているように見えているのかもしれない。

だが、だからなんだ。

樹が浮気をしていたことには、変わりない。

「あ……やぁ……っ」

指で両方の胸の尖りをつまむと、樹の体はびくっと反応した。空本を好きになっても、津々倉が与える刺激に樹の体が弱いのは変わらず、条件反射のように樹の劣情《れつじょう》が服越しに硬くなったのを確認できた。

「樹様……」

体はまだ、自分のものだ。

そう思うと、一気にたぎった。

津々倉は背広を脱いで床に敷き、その上に樹の頭と背中がくるように樹を押し倒した。

ドアから便器までの距離が長めの個室で、かろうじて人が一人寝転がれるかどうかという広さはあるが、当然、情事を行うには窮屈《きゅうくつ》だ。それでも津々倉は躊躇《ちゅうちょ》せず、樹のズボンと下着を脱がせた。

樹は戸惑ってはいるが、もう逃げようとはしなかった。酒のせいで動きは緩慢《かんまん》だが、床に押し倒しても下半身を脱がせても、されるがままだ。嫌がっているようには見えない。

津々倉は樹の両足を曲げた状態で持ち上げ、試しに言った。

「樹様、足を持っていてもらえますか」

「こ……こう？」

樹は自分の両膝裏に手を入れ、膝を深く折り曲げた状態で固定した。尻が床から浮き上がり、奥まったところにある秘められた入り口が正面にいる津々倉には丸見えになる。言われるままに体勢を取った樹は、あられもない姿を無防備にさらした。

「……」

自分はまだ、樹に嫌われてはいないのか？

その新たな事実に津々倉は気づいた。

よく考えてみれば、浮気をすることと今の恋人を嫌いになることは、別の事象だ。樹が空本を好きになっても、津々倉を嫌いになるわけではない。

そう、か。

浮気をされても、気にしなければいいのか。

そもそも男とは浮気をするものだ。樹はまだ充分に若い。きっとこれから何度も恋をするだろう。それにいちいち目くじらを立てていてはいけないのかもしれない。

その結論に激しい違和感を覚える。だが一番大事なことは、生涯《しょうがい》、樹のそばにいることだ。その前では浮気など大したことではない。そのはずだ。

「……なぁ……？」

樹が不安げに、これでいいかと聞いてくる。

樹はまだ、自分を好きだ。

それを感じられただけでたまらなくなり、目の前にいたいけにさらされた窄《すぼ》まりに顔を近づけた。

「えっ、ちょっ……!?」

舌を差し出し、閉じた穴の入り口をなぞるように舐《な》める。樹はぎょっとした声を出した。

「ば、馬鹿っ！　汚いだろ!?」

「潤滑油《じゅんかつゆ》代わりです」

穴を広げるように舌を入れる。指も差し入れ、唾液《だえき》を流し込んだ。びくっと白い尻が震えた。

「ちょ、待てよ、そんなとこ舐めるって……病気になるかもしれないんじゃ……？」

そんなことは些末《さまつ》なことだ。樹を失えば、自分は生きていても仕方がない。これが最後かもしれないと思えば自分の体も命もどうでもよかった。

丹念に樹の穴を舐め、唾液を注ぎ込む。今まで されたこともない愛撫《あいぶ》に、樹の体はみるみる火照《ほて》っていく。樹が感じていると思うと、切ない中にも狂おしい喜びが込み上げた。

「ここを舐められるの、お好きですか」

「……そ……そんなわけ……アぁッ！」

二本に増やした指が樹の内側にある弱い部分をかすめた途端《とたん》、樹の口から大きな声がもれ、樹ははっとした顔になった。

「声、まずくないか……？」

店内はかなり騒がしかったので、ここで声を上げても他人の耳には届かないと思うが、密室なので普通より大きく響いた声に樹は不安を感じたようだ。

「やっぱり、こんなとこで、しない方が……」

「――失礼いたします」

ここでやめる気はない。津々倉はしゅるりと自分のネクタイをほどき、そのネクタイを樹の口に噛ませた。

「んぅっ!?」

突然のことに、樹は反射的に逃れようとしたが、難なくその抵抗を押さえ込む。ネクタイは念入りに二重に巻き、頭の後ろできつく縛った。

「これで、外に声がもれることはありません」

「……」

こんなことをされるとは思いもしなかったのだろう。樹は目を瞠《みは》っていた。

樹の口の端はネクタイによって左右に引っ張られている。唇は半開きになり、閉じることができない歪《いびつ》な状態だ。

口とはいえ樹を再び縛ったことで、津々倉はあの監禁のことを思い起こした。

あれは樹と利章を和解に導くためにしたことであり、欲に任せてしたことではない。

しかし、樹の自由を奪って部屋に閉じ込めることに、密かな悦《よろこ》びを覚えてもいた。

樹を手錠につないだ時、津々倉は間違いなくたぎっていた。あの監禁の際、極力樹に近づかないようにしていたのは、そばにいたら何をしてしまうかわからなかったからだ。それでも結果的に、樹の初めてをあの時に奪うことになってしまったが。

樹をもう一度、監禁できたら。

自分だけのものにしてしまえたら、どんなにいいだろう。

指を三本に増やし、中をほぐしながら何度も樹の弱い部分を刺激する。そのたびに樹は喘《あえ》ぎ声を上げたが、それは動物のうなり声のような、くぐもった音にしかならなかった。

自分が樹から意思表示の手段を奪っている。その事実にゾクリとした。樹はもう、津々倉を拒否することもできない。

充分にほぐし、指を抜いたところで、津々倉は口元を吊り上げた。

「どうしたんですか、こんなところをヒクヒクさせて」

抜いたばかりの指で淫《みだ》らな穴のふちをなぞる。樹は恥ずかしそうにしながらも明らかに興奮している。樹の屹立《きつりつ》は育って角度を持ち、津々倉の目の前でふるふると震えていた。

「俺がほしいですか？」

「……んっ」

羞恥《しゅうち》に耐え、涙目で頷《うなず》く樹がたまらなかった。津々倉は前をくつろげ、硬くたぎったそれを入り口に押し当てた。

挿入の時は、いつも緊張する。最初があんなひどいことになってしまったので、樹が痛くないだろうかと心配で、慎重に挿《い》れる。だが今はそんなところまで気が回らない。ただ樹が欲しくて、一息に太いものを突き入れた。

「んう……ッ！」

ほぐれた肉襞《にくひだ》の中、深々と自身を埋め込む。まだまだきついが最初とは明らかな変化を感じた。

「ここ、俺の形になじんできましたね。そう思いませんか？」

「……んっ」

声が出せなくて、「ん」としか言えない樹にゾクゾクする。津々倉は叩きつけるように腰を動かし始めた。

「んっ……んっ……！」

口を縛られ息苦しそうに喘いでいるのに、樹の肉筒は津々倉を呑《の》み込み、熱く淫らに絡《から》みついてくる。そんなギャップに津々倉はますます猛《たけ》り、のめり込んだ。

この体を空本が、樹がいずれ恋をする男たちが、好き放題するなんて許せるのか？　許せるはずがない。

「んっ……！」

激しく動いたため、樹の手が膝裏から離れてしまう。津々倉はすかさず樹の足をつかんで樹の上半身に押さえつけた。

「んぅ……ふっ……！」

この体勢では、もはや樹に自由はない。

狭いトイレの空間で床に押しつけられ、声を封じられ、まるで物のように体を折り畳まれて激しく突き入れられている。今の樹は、まさに自分だけが自由にできる、自分だけのものだ。その暗い喜びに打ち震え、樹の奥の奥まで汚す勢いで己の欲をぶちまけた。

どろりとした熱いものが肉筒に満ちていく。それでも津々倉は動きを止めなかった。

このままこの人を鞄に詰めて、どこかに攫《さら》いたい。そんな衝動に駆《か》られる。

この人を、俺だけのものにしてしまいたい。

一生外に出さず、囲っておきたい。そうすれば樹が空本と仲を深めることも、好みの男に出会って恋をすることもない。

利章や重光《しげみつ》に隠して、人里離れた山奥にでも引っ越せないかとさえ思う。

この人に自由など与えたくない。閉じ込めて、鎖《くさり》でつないでおきたい。

いっそ明日なんかこなければいい。このまま時が止まってしまえば、樹を失うかもしれないと怯《おび》えることもなくなる。永遠にこの人を、この瞬間で凍らせてしまいたい。

そう思った、その時。

「んんッ……!!」

樹の劣情が目の前で白く弾け、津々倉の頬に散った。

その飛沫《しぶき》は熱かった。その熱に、はっとさせられる。

この人は、生きている。

びゅくっ、びゅくっと噴き出される体液は樹の腹の上に落ち、淫らな水たまりを成していく。その生の躍動を呆然と見下ろした。

凍らせるって、なんだ。

この人がどんなに一生懸命生きているか、知っているのに。

自分はこの人と生きたいと、願ったのではなかったのか？

この人を閉じ込めて、鎖につないで自分だけのものにして、それがこの人と生きていくということか？　違うだろ。

それは死だ。この人を、殺すことだ。

そう気づき、頭を殴られたような衝撃を受けた。

「……申し訳、ございません……っ」

絶頂の余韻《よいん》に浸っているかけがえのない人を見ながら、自分の愚《おろ》かな衝動を悔《く》い、津々倉はうなだれた。


「それで、どうしてこんなことしたんだ？」

事後の片付けが済んだあと、フタをした便器に腰掛けた樹がこちらを見上げてくる。

さっきのことで樹の酔いはすっかり抜け、今はきちんと説明しろと目が言っている。主人の追及に、津々倉は正直に動機を打ち明けた。

「樹様は……空本がお好きなんですよね」

「……は？」

思いも寄らないという素《す》っ頓狂《とんきょう》な声に、津々倉の方が驚いた。

「違うのですか？」

「ていうか、なんでそんな疑問が出てくるんだ？」

「……先ほど、この店内で、空本と二人で肩を寄せ合って話されていて、途中から空本が樹様に抱きついて、それを樹様も快く受け入れていらっしゃるご様子だったので」

「え、あ、ごめん。空本が抱きついてくるのって大学時代からだから、もうハイタッチぐらいの感覚だった」

「……」

あっけなく、誤解は解消された。

「確かに、それは僕が悪かった。もう僕には恋人がいるんだからな。空本にはボディタッチ過多はやめろって言っとくよ」

樹はさばさばと答えるが、津々倉としてはそれでは納得できない。

「樹様、この際お聞きしますが、空本は本当にただの友人なのですか？　大学の頃から仲がよろしかったんですよね？　最近、空本にカミングアウトもして、それを受け入れられて、樹様のお気持ちに変化もあるのでは……」

「それはない」

きっぱりとした答えが返ってくる。

「空本は友達だ。というか、ほんとにごく最近までコネ目当ての男だと誤解してたんだ。

大学からつき合いはあっても、好きとか、そんな気持ちなかった。今は本当の友達になりたいとは思ってるけど、空本と恋愛関係にはならないよ」

そこまではっきりと言われれば、それ以上疑う根拠はなかった。

「それにさ……確かに空本はひっついてたけど……二人きりで飲んでたとかじゃなく、会社の飲みだぞ？　みんな見てるのに、そんなの、ふざけてるだけに決まってるじゃん？」

実にその通りだった。

もし他人事として聞いた場合、会社の飲みで友達にハグされたら、ストーカーのごとくその場にいた彼氏がトイレに乱入してきて無理やり体をつなげたなどという話、即刻別れろというコメントしか思い浮かばない。

「すみません……俺がどうかしていました。本当に申し訳ございません……っ」

腰を九十度に折り曲げ、深く深く頭を下げる。

もし自分が重光なら、ご子息の身辺の懸念事項として、利章に真っ先に報告を上げるような事案だ。自分の失態に青くなっていると、「まぁ、いいけど」とあっさりとお許しの言葉をかけられ、逆に驚いた。

「……いいのですか？」

いやよくないだろう。そう思うのに樹は咎《とが》めない。仕方ない、という顔だ。

「君だからな。お祖父様《じいさま》がいなくなって、人生終わっていますからって言ってた君が、僕と恋人になった途端になんの問題もない普通の人になるとは思ってなかったし」

「……」

「でもさ、君を一人にしないって、僕は何度も言ってるだろ？　それって、そんなに信じられないか？」

そう心配そうに言われ、はっとした。

自分はここ数年ほど、旦那様が倒れる前から、旦那様を亡くす未来に怯えながら生きてきた。そして旦那様を失った。だから今も大切な人を失うと思うのが何より怖い。

だが、だからといって、これからもそれでいいのだろうか。

自分の終わった人生に、樹が息を吹き込んでくれた。樹とならば生きたいと思えた。それは樹を失う不安に怯える人生ではない。その不安を消すために、樹を殺す人生でもない。

樹のそばにいたい。樹を支え、守り、樹の笑顔を見ていたい。

そう思って行動を決めた結果なら、たとえ樹に好きな人ができて別れることになったとしても、後悔しない。そう思えるようになることが、樹と生きるということではないのか。

なぜなら、自分はあらゆる手を尽くしたが、旦那様はいなくなった。それでも。

――これでいいと思えているからこそ、今、自分は生きているのだ。

そうだ。樹の存在は、肯定だ。

自分はまだ生きている。生きたいと願っている。それは、旦那様を失ったことを認めたということであり、旦那様を失った自分をも肯定したということだ。

君を一人にしない。

そんな約束は信じない。自分の大切な人は死んだ。貴方だって明日には事故で死ぬかもしれない。本当のところはそう思っていた。だけど違うのだ。樹と生きるというのは、そういうことじゃない。

樹の存在は、大切な人を失ったという結末すらも肯定してくれた。

樹にこれ以上、何を求めるのか？　絶対に心変わりをしない約束か？　絶対に自分より先に死なない体か？　そうじゃない。そんな不可能なものは求めない。

樹を失うことを恐れながら生きるのではなく、樹と生涯をともに歩むことを信じて生き、その結末がどうなろうと受け入れる。それが、自分を救ってくれた樹への何よりの敬意の表明であり、樹と生きるということだ。

津々倉は改めて、最愛の人を見た。

「――信じます、樹様。貴方の言葉なら」

「本当か？」

「はい」

迷いなく答えると、樹は少し笑った。

「なんか、前にもこんなやり取りあったな」

津々倉もそれを思い出し、目元を緩ませて「はい」と答えた。


最後に残った問題があるとすれば、それはトイレから出るタイミングだった。

津々倉も、元はといえば衝動的に樹とトイレに入ったので、そこまで考えていなかった。とにかく二人同時に出るのはまずいので、一分ほど間を置いて、一人ずつ出ることにする。そして、もし人が並んでいたら、「すみません、まだ中に人がいますので」と堂々と言い、酔っ払いを介抱していたふりをする。その方針で、まず津々倉が出たのだが。

「……」

トイレの前に人はいた。しかも空本だった。

唯一、どんな言い訳をしても、カケラも通用しない相手だった。

樹が遅いので心配して来たのだろう。完全に、中に樹がいるとわかっている顔だった。

空本はこれ以上無理というぐらい目を見開き、出てきた津々倉を指差し、手をぶるぶると震わせた。

「あ、あんた、なんでっ、なんでっ、そんなとこから出てくるんだ⁉」

「お察しいただけるとありがたいのですが」

こうなったら仕方ない。というか、この男の前なら取り繕《つくろ》う必要もない。しれっと答えたところで、樹があとから出てきて、空本の顔を見て固まった。樹も、何も言えなかったのだろう。

中で何をしていたかを友人に知られ、ぱくぱくと口を開いたり閉じたりしたあと。

「ぼ、僕、もう、帰るっ。ごめん！」

そう言って、脱兎《だっと》のごとく座敷席の方に荷物を取りにいった。

そんな樹を空本と見送る。結果、トイレの前に空本と二人で取り残された。

望んだわけではないが、いい機会だった。津々倉は率直に聞いた。

「樹様が好きか？」

一瞬、空本はぎょっとした顔をしたが、すぐに挑むような表情になった。

「それは俺があんたに聞く台詞《せりふ》じゃね？　樹がちゃんと幸せなら、俺は今の関係を変えたりしねぇよ」

逆を言えば、樹が幸せでなくなったら、その限りではないということだ。

「……」

しばしの間、睨み合いが続く。

さらに逆を言えば、樹が幸せなら、この男は友人にとどまるということだ。

トイレに乱入する前の自分なら、この男の排除を選んだかもしれない。しかし今は違う。

バイトに反対しないと決めた時、正しい判断をしたはずなのに迷い続けていた。それは、樹を誰かに取られる不安とどう向き合えばいいか、わからなかったからだ。

その不安を消し去ることはできないが、大きく膨《ふく》れ上がらせることはしない。自分は樹を信じると決めたのだ。

思えば、旦那様には最後までご心配をおかけしたまま逝《い》かせてしまった。それをもう、新たな主人に繰り返しはしない。

ふっと肩の力を抜く。ため息のように笑いがもれた。

「ああ本当に、腹立たしいな。少しでも気があるそぶりを樹様の前で見せてくれれば、心置きなく引き離せるものを」

「おあいにくさま」

警戒心を見せる男に、津々倉は静かに頭を下げた。

「貴方の存在が、どれほど樹様の心の支えになっているか。これからも樹様の友人でいてほしい」

その言葉が意外だったのか、空本は目を丸くする。そしてがりがりと頭をかき、ばつが悪そうに、「あんたに言われるまでもない」と返してきた。

そこに樹が荷物を持って戻ってきた。脱いでいた背広も着ている。

「あの、空本、さっきのことは、誰にも」

「ああ、適当にごまかしとく。大丈夫、引いてないから。……つーかもう、そういうことは家に帰ってからやれよなぁ」

「そうします」

「あんたには言ってねぇ!!」

空本の渾身《こんしん》の突っ込みを聞きながら、樹と居酒屋をあとにした。

外に出ると、降り続いていた雨は上がっていた。空気中の塵《ちり》が洗い流され、どこか清涼な空気である。

夜空を見上げ、自分の中にある疑念はこの際すべて払拭しておこうと、あえて聞いた。

「あの男が抱きついてきた時、どういう話をされていたのですか?」

「え? ああ……そういえば、君のこと気にしてたな」

「俺のことですか」

「うん。男の恋人ができたのに、今まで通り自分が友達づき合いをしてもいいのかって。いいって言ったら、俺たちずっと友達だからなーって言って抱きついてきた」

「……」

本心はどうあれ、樹の前では精一杯、友達でいようとしているのだろう。

樹をバイトに誘ったのは絶対下心があるからだと思っていたが、割と本当に樹のためを思ってのことだったのかもしれない。空本は関係を乱すことを望んでいない。それがわかり、むしろあの男に関しては、共存こそが互いの利益につながるのかもしれないと、新たな認識に至った津々倉である。

「そうだったのですか。疑ってしまい、本当に申し訳ございません」

「ううん、いいんだ。……実はちょっと嬉しかった。君は今まで旦那様旦那様ばっかりだったから、僕のことで嫉妬してくれるなんて、思ってもなくて」

その肯定的な受け止めに少し驚きつつも、これはチャンスだと直感し、言葉を継いだ。

「あの、樹様……この一週間ほど、俺が樹様に避けられている件ですが、許していただけないでしょうか？」

すると、樹は目を瞠ったあと、ふいっと目をそらした。

「……避けてないし」

「いえ、避けていますよね」

「もう避けてない。さっきしたじゃん」

「……それもそうですね」

ということは、これでお怒りは解けたということなのだろう。

そう思って、津々倉はほっと胸をなで下ろした。

翌日の土曜日、津々倉は樹とともに、高宮章治郎《しょうじろう》の墓を訪れていた。

章治郎の墓には普段から足繁く通っているが、今日は樹が一緒に行くと言ってついてきた。しかも、なぜか樹がかなり改まったスーツを着るので、津々倉もそれに合わせた。

立派な墓の左右にある花立てには、津々倉がいつも花を手向けているため、みっしり花が挿さっているが、津々倉は今日も何本かを新しい花に交換した。

二人でろうそくを灯し、線香を供え、静かに手を合わせる。それが終わったところで、樹は何やら意を決したような顔で、墓の正面に対峙《たいじ》した。

「お祖父様」

生前のように呼びかける。何事かと見守っていると、樹は言った。

「津々倉を僕にください」

「………………ッな、あ、あのッ!?」

斜め後ろで動揺していると、樹は津々倉に向き直り、きりっと告げた。

「ほら、君もお祖父様にご挨拶《あいさつ》するんだ」

「……？」

意図がわからない。津々倉は樹と並んで墓の前に立つが、かなり戸惑いながら言った。

「だ、旦那様、お孫さんを俺にください……？」

心の中で墓にいろいろ話しかけるのは毎回だが、声に出したことはなく、どぎまぎする。

「それは違わないか？」

「違いますか」

「うん。そこは、『今まで大切に育ててくださってありがとうございました』とかじゃないのか？」

「……そうなんですか？」

「うん、そうだろう」

どうにも花嫁の手紙のようなフレーズに思えてならないのだが、樹は構わず墓に話しかけた。

「津々倉は僕が幸せにします。だから、津々倉をそっちに連れていかないでください」

樹は真剣そのものだ。その姿に、思わず噴き出してしまった。

「旦那様はそんなことしませんよ。頼んだって、してくれません」

「頼んだのか」

「過ぎた話です」

そう言いつつも、ほんの二ヶ月前までは、自分が常にそれを願っていたことを思い出す。

思い出す。そう、思い出すだ。そんな精神状態だった自分が、今は遠い過去のように感じられる。思えば信じられない変化だった。

「それにしても、どうなさったのです、今日は」

樹は現実主義者であり、墓に呼びかけるというのは、あまり樹らしい行動ではない。純粋に不思議で聞くと、樹はぶすっとした顔で言った。

「何事にもけじめは必要だからな。宣言をしにきたんだよ」

「宣言、でございますか」

意図がつかめずにいると、樹はふいと目をそらした。

「一週間前、君としたあと、君、寝言で『旦那様……』って言ってたんだ」

「……それは……申し訳ございません。起こしてしまいましたか」

睡眠を妨《さまた》げたと思って謝ったのだが、ぎろりと睨まれた。まるで昔の恋人の名を寝言で言った旦那を責めるような顔だった。

それで、すべてを理解した。

樹は、旦那様に嫉妬しているのだ。だから、津々倉は自分のものになったと、墓の前で宣言したかったのだ。

この一週間、ご無沙汰《ぶさた》だった本当の理由がやっとわかり、胸に温かなものが満ちた。

樹は津々倉に嫉妬されて嬉しかったと言っていたが、自分も同じだ。樹のかわいい独占欲に触れ、甘やかな感情が胸いっぱいに広がっていく。

「俺にとって、今、一番大事な方は樹様です。旦那様でも、他の誰でもございません」

「べ、別に、そういう意味じゃなくって、僕はだな、君があっちに連れていかれたら困ると思って」

「いえいえ、嫉妬ですよね？　昔の主人の名前を寝言でも呼ぶなってことですよね」

「違うしっ」

その拗《す》ね方がかわいらしくて笑ってしまう。笑っているうちに嬉しくなってきて、幸せが込み上げる。

旦那様の墓の前で、自分が笑える日がくるなんて、どういう奇跡だ。

貴方は、本当に貴方は、光り輝く存在だ。俺には貴方が必要だった。貴方と生きたい。貴方とこれから生きていくのが、楽しみでたまらない。

津々倉は章治郎の墓に向き直った。自分も声に出して報告したいと思った。

「旦那様、好きな人ができました。生涯、ともに歩みたい、俺の主人です」

報告して、すぅっと体が軽くなる。

旦那様にはもう会えない。声を聞くことも、姿を見ることもできない。それでも、最後までご心配をおかけした旦那様に、もう大丈夫ですとご報告できて、心が晴れ晴れとする。

秋の空の下、涼やかな風が吹き抜ける。

空のどこかで、旦那様がこちらを見て、笑っているような気がした。

あとがき

はじめまして、またはこんにちは。不住水《ふじみ》まうすと申します。

このお話は、主人を亡くした執事×主人の孫（ただし出生に秘密あり）です。

自分は、愛の言葉とはほど遠い言葉で攻めに告白させるのが密かに好きなのですが、この攻めがどういう言葉で告白するか、お楽しみいただければ幸いです。

この作品は二〇一〇年三月～六月にただ読み.netで無料配信されたものです。タイトルは同じでペンネームは『ふじみまうす』でした。今回、書籍化にあたり加筆修正しております。後日談は、重光の話は収録する予定でしたが、いやこの話は津々倉×樹（＋空本）の後日談が要るだろう!?　ということで急遽、追加しました。間に合ってよかったです。

イラストを描いてくださった旭炬《あさひこ》先生、美麗な絵をありがとうございました。表紙を見た時、あまりの神々しさに感激しました。白い菊に隠れるように旦那様の姿が見えるのがすばらしいです！　そして担当様、書く機会を与えてくださってありがとうございます！

そして何より、この本を読んでくださった皆様に心からお礼を申し上げます。ご感想などありましたらぜひお聞かせください。それではまたどこかでお目にかかれますように！

二〇一六年六月

不住水まうす